南海出版公司

献给

母亲和卡姆拉

目 录

鲍嘉

每天早上，哈特起床后，总要坐到屋后阳台的栏杆上，扯大嗓门朝对面喊:“有什么事吗，鲍嘉？”

鲍嘉总会在床上翻个身，用谁也听不见的声音咕哝道:“有什么事吗，哈特？”

大伙儿为什么叫他鲍嘉可是个谜；不过，我猜是哈特给他起的这个名字。不知大家是否还记得电影《卡萨布兰卡》上映的那年。就是那年，鲍嘉的名字红遍了整个西班牙港，小伙子们纷纷开始仿效鲍嘉那种冷酷强硬的姿态。

人们在叫他鲍嘉以前叫他佩兴斯[①]，因为他从早到晚总在玩那种游戏。但其实他并不喜欢打牌。

不论什么时候走进鲍嘉的小屋，你都会发现他坐在床上，面前放着一张小桌，上面摆着七行纸牌。

---

①一种单人纸牌游戏，英文（Patience）的字面意思为“耐心”。

“伙计，有什么事吗？”若有人来，他总是这么轻声招呼一句，然后就不说话了，一沉默就是十或十五分钟。你会觉得真要和鲍嘉说点什么几乎不可能，他好像对什么都提不起兴趣，而且傲气十足。他眼睛很小，总是睡意蒙眬，脸很胖，头发黝黑发亮，手臂圆润丰满。可他并不滑稽。他做什么事都不慌不忙，即使洗牌时舔一下大拇指的动作也十分优雅。

他是我见过的最百无聊赖的人。

他假装要开缝纫店谋生，甚至还付钱让我为他写个招牌：

本店专事裁缝

定做各种西服

价格低廉公道

他买了台缝纫机和一些蓝、白、棕色的粉笔。但我怎么也想象不出他能和什么人竞争；而且在我的印象中，他连一件西服也没做过。他有点像隔壁的那个木匠波普，波普就从未做过一件像样的家具，可他整天总是计划呀，刨呀凿呀，做着我想是被他称作榫头的东西。每次我问他：“波普先生，你在做什么呀？”他总是回答说：“哈，孩子！这个问题提得好，我在做一样没有名字的东西。”鲍嘉倒好，连这点作为也没有。

小时候，我从未想过鲍嘉是怎么挣钱的。那时，我总以为人长大了自然就会有钱。波普有个干各种活计的老婆，而且她最终成了许多男人的朋友。我简直想不出鲍嘉会有母亲或者父亲，他也从不往他的小屋带女人。他住的那间小屋叫仆人房，但里面从没有什么伺候那栋主屋住户的人住过。不过是建筑上的设计罢了。

像鲍嘉这样的人居然也会交朋友，在我看来可真是奇迹。但他确实有许多朋友，有一阵他还算得上是我们街最受欢迎的人呢。过去我常见他蹲在人行道上，身边围着的都是这条街上的大人物。连哈特、爱德华和埃多斯这样的人说话时，他也总是眼皮朝下，手指在地上画圈圈。他笑时从来不出声，也从不讲什么故事，但每逢聚会，大家总要说："我们得请鲍嘉来。那家伙鬼着呢。"我猜，鲍嘉一定给了他们很多安慰和快乐。

不然，哈特怎么会像我刚才说的那样，每天早上都要扯着嗓门喊："有什么事吗，鲍嘉？"

不然，他怎么有耐心天天去等鲍嘉那句模糊不清的回应："有什么事吗，哈特？"

但有天早上，哈特喊过之后，没人回应。过去那种似乎不可改变的东西消失了。

鲍嘉不见了。他走了，一句话都没说就离开了我们。

整整两天，街上的伙计们都闷闷不乐的。大家聚在鲍嘉的小屋里。哈特拿起留在桌上的那副纸牌，又若有所思地将它们两三张两三张地抛落下来。

哈特说："你们觉得他会不会去了委内瑞拉？"

但没人知道。鲍嘉很少对他们吐露什么。

第二天早上，哈特起床后，点了一支烟，走到屋后的阳台上，刚要张口喊，却突然想起鲍嘉离开了。那天早晨他给牛挤奶的时间比平时要早，牛很不高兴。

一个月过去了，又一个月过去了，鲍嘉还是没有回来。

哈特和朋友们索性将鲍嘉的房间当成了俱乐部。他们在那儿打牌、喝朗姆酒、抽烟，有时还把偶遇的女人带过去。没过多久，哈特就因聚众斗殴、赌博遭到警方的关顾，他得花一大笔钱贿赂才能把自己从麻烦中解救出来。

就好像鲍嘉从没来过米格尔街一样。毕竟，他在这条街上只住了四年左右。他刚来时只带了个手提箱，想找个住处，哈特正蹲在家门口，一面抽烟，一面读着晚报上有关板球积分的报道，鲍嘉就问了问他。即使是那会儿，他的话也不多。据哈特讲，他当时只说了一句："你知道哪儿有房子？"哈特把他领到隔壁的院子里，就是这间带家具的仆人房间，每月租金八元。他立刻在那儿安置下来，然后取出一沓纸牌，独自玩起"佩兴斯"来。

哈特对此印象很深。

从那以后他一直神神秘秘的。他成了"佩兴斯"。

等到哈特和其他人已经或快要把鲍嘉忘了的时候，他回来了。他是在某天早晨七点左右回到家的，进门后发现埃多斯和一个女人在他床上。那女人尖叫着跳了起来。埃多斯也跳起来，但并不害怕，只是很尴尬。

鲍嘉说："走开！我累了，想睡觉。"

那天他一直睡到下午五点钟，醒来时发现屋里挤满了老朋友。埃多斯的嗓门又大又聒噪，好掩盖他的难堪。哈特带来了一瓶朗姆酒。

哈特说："有什么事吗，鲍嘉？"

"有什么事吗，哈特？"哈特见鲍嘉接过了话茬儿，好不高兴。

哈特打开朗姆酒，又吆喝博伊去买瓶苏打水。

鲍嘉问："哈特，你的牛都还好吗？"

"都好着呢。"

"博伊呢？"

"也好。我刚才还叫过他，你没听见？"

"那埃罗尔呢？"

"他也很好。不过鲍嘉，出了什么事？你好吗？"

鲍嘉点点头，然后马德拉斯[①]式地喝了一大口朗姆酒，接着又一口，又一口；没过一会儿，他们就把那瓶朗姆酒喝光了。

"不要紧，"鲍嘉说，"我再去买一瓶。"

大伙儿从未见鲍嘉喝过这么多酒，也从未听他说过这么多话。他们都很惊讶，可是没人敢问鲍嘉去了哪儿。

鲍嘉说："你们这帮小子就一直没离开过我这屋吗？"

"没你在，不一样。"哈特回答道。

不过大伙儿都很紧张。鲍嘉平时总是抿着嘴说话，可这次他微微咧着嘴，口音里还带点美国腔。

"当然，当然。"鲍嘉这话说得纯正极了。他就像个演员。

哈特拿不准鲍嘉是不是醉了。

你们知道，光看相貌，哈特很像演员雷克斯·哈里森，而他平时也总是极力加强这种相像。他把头发朝后梳，两眼眯缝着，说起话来简直就是哈里森。

"见鬼，鲍嘉，"哈特说，他变得颇像雷克斯·哈里森，"你还是快点把一切都告诉我们吧。"

---

①马德拉斯，印度东南部城市金奈的旧称，仍被许多南亚侨民广泛应用于日常生活当中。

鲍嘉露出牙齿笑了笑，一副玩世不恭的样子。

“我会说的。”他说完站起身来，将两只大拇指插进腰带，“别急，我会把一切都说出来的。”

他点了一支烟，朝后仰去，烟熏着他的眼睛，他眨了眨眼，然后慢条斯理地讲起他的故事来。

他在一条船上谋了份差事，去了英属圭亚那。从那儿他下船去了内陆地区，在鲁普努尼当上了牛仔，向巴西走私物品（他没说是什么），他还将一些年轻的巴西女子带到乔治敦。他在那儿开了一家最棒的妓院，干得正红火，拿了他贿赂的警察却背信弃义，将他抓了起来。

“那地方可高级了，”他说，“没有乞丐，都是些法官、医生和市政要员。”

“然后呢？”埃多斯问，“进了监狱？”

“你怎么这么蠢！”哈特说，“要那样，这老兄怎么还会和我们在这里待着？为什么你们这帮人都这么蠢？你干吗不让他讲下去？”

可是鲍嘉生气了，拒绝再说一个字。

从那时起，这帮兄弟之间的关系发生了变化。鲍嘉成了电影中的鲍嘉。哈特成了哈里森。早晨的对话变成了这样：

“鲍嘉！”

“住嘴，哈特！”

鲍嘉现在成了这条街上最让人害怕的人。据说连“大脚”比佛都很怕他。如今的鲍嘉竭尽酗酒、打牌、赌博之能事，经常朝独自走在街上的女孩骂脏话。他买了一顶帽子，把帽檐压得低低的，几乎遮住了眼睛。他常常一个人站在院子那堵高高的水泥护墙边，双手插在口袋里，一只脚抵着墙，嘴里永远叼着根香烟。他几乎成了一处固定的风景。

后来，他又不见了。他本来正和一帮朋友在他屋里打牌，突然起身说："我去上趟厕所。"

他们就四个月再没见到他。

等他回来时，人长胖了点，不过脾气也变坏不少。这次他的口音可是完全美国化了。为了完成那模仿，他开始同孩子们亲近起来。他在街上招呼他们，给他们钱买口香糖和巧克力。他喜欢轻拍他们的脑袋，给他们忠告。

他第三次离开又回来后，在自己的房间里为这条街所有的孩子（或用他的话说，"小家伙们"）举办了一场盛大的聚会。他买了好几箱可口可乐、百事可乐和差不多一蒲式耳[①] 的糕点。

后来，那个住在米格尔街四十五号的警官查尔斯来了，把鲍嘉抓了起来。

"别胡来，鲍嘉。"查尔斯警官说。

但是鲍嘉没明白他的暗示。

"怎么回事，伙计？我可什么也没做呀。"

查尔斯警官便告诉了他。

这件事在报纸上引起了小小的轰动。鲍嘉遭受的指控是重婚罪，不过报上并没有披露细节，所有内幕都得靠哈特去挖掘了。

---

①英美制容量单位，1 蒲式耳约为 35 升。

“是这样的，”那天晚上哈特在人行道上说，“那老兄离开了他在图那普纳的第一个老婆，然后来到了西班牙港。他们生不出孩子。他在这儿一直觉得很伤心，很压抑。然后他又走了，在卡罗尼找了个姑娘，让她有了个孩子。卡罗尼人从不在这种事上凑合，所以鲍嘉只好和那姑娘结了婚。”

“可他为什么又离开了她？”埃多斯问。

“为了做条汉子，和咱哥们儿在一起。”

没有名字的东西

波普自称是个木匠，可他做过的唯一一样东西就是自家后院芒果树下那个马口铁的小工棚。就是这么个小工棚他也没有盖完。他懒得给屋顶上的马口铁皮钉钉子，只在上面压了几块大石头。一刮大风，屋顶就像散了架似的发出乒乒乓乓的可怕声响，随时都有飞走的可能。

不过波普从不闲着。他总是在锤呀、锯呀、刨呀，忙得不亦乐乎。我喜欢看他干活。我喜欢那些木头——乔木、香树和蟾蜍树的香味，我喜欢那些木屑的颜色，也喜欢那些锯末像粉一样落在波普鬈曲的头发上。

“你在做什么呀，波普先生？”我问。

波普总是说：“哈，孩子！这个问题提得好。我在做一样没有名字的东西。”

我就喜欢波普这一点。我觉得他就像个诗人。

一天我对波普说：“我想做点东西。”

“你想做什么呢？”他说。

我一下子还真想不出到底要做什么。

“你看，”波普说，“你也在想一样没有名字的东西啦。”

最后我决定做一个鸡蛋架。

“你做这东西给谁？”波普问。

“我妈。”

他笑了笑。“你觉得她会用这东西？”

你别说，我母亲还挺满意那个鸡蛋架，用了差不多一星期。后来她好像把它给忘了，又开始像过去一样往碗里或碟子里放鸡蛋了。

我把这事讲给波普听，他笑道：“孩子，要做东西，就要做没有名字的。”

我给鲍嘉的裁缝店写了招牌以后，波普也要我给他写一个。

他取下夹在耳朵上的一截红笔头，琢磨着该怎么写。起先，他想称自己是建筑师，但我劝他放弃了这个主意。他的拼写老没个准儿。写好后的招牌如下：

建造师及承包人

木匠

家具师

招牌由我执笔，所以我在右下方签上了自己的名字。

波普喜欢站在招牌前。不过，不熟悉他的人前来咨询时，他总不免有点紧张。

“那个木匠伙计？”波普总这么说，“他搬走了。”

我觉得波普要比鲍嘉随和得多。鲍嘉很少同我说话，波普却特别健谈。他谈的都是关于生死、工作之类的严肃话题，我发觉他真的很爱跟我说话。

但在这条街上，波普却不是招人喜欢的人。倒不是大家觉得他疯疯癫癫或很傻。哈特常说："你们听着，波普太傲气了。"

这么说波普不公道。波普有个习惯，每天早上总要拿着一杯朗姆酒站在大街的人行道上。他从不喝杯里的酒，只是一见有熟人，他就用中指蘸蘸酒，再舔舔手指，然后朝那个人挥挥手。

"我们也买得起朗姆酒呀，"哈特总说，"但我们就不像波普这样炫耀。"

我自己倒从来没这么觉得。一天我向波普问起这事。

波普说："孩子，早晨太阳刚出来，天还有点凉，要是知道你一起床就能出去走走，一边晒太阳，一边喝点朗姆酒，你会觉得很舒服的。"

波普从不挣钱，都是他妻子出去工作。好在他们没有孩子，这样倒也过得去。波普说："女人爱干活就让她们干吧，反正男人生来不是干活的。"

哈特说："波普娘娘腔，不是条好汉。"

波普的妻子在我学校附近的一个大户人家做厨娘。那时她下午常等我，然后带我去她的大厨房，还给我好多好吃的。我唯一不喜欢的就是我吃东西时她坐在一旁盯着我的样子，好像我是为她而吃似的。她让我叫她阿姨。

经她介绍，我认识了那个大户人家的园丁。他是个棕色皮肤的英俊男人，很爱花。我喜欢他照看的花园。花园里的花圃总是黑幽幽、湿漉漉的，草坪上的草长得又绿又水灵，总需要修剪。有时我会帮他给花圃浇水。他常把割下的草放在小袋里，让我拿回家给我母亲。草对于老母鸡可是好东西。

有一天，我没见着波普的妻子。她没在等我。

第二天早上，我也没见着波普在人行道上用手指蘸杯里的朗姆酒。

那天晚上，我还是没看见波普的妻子。

我发现波普伤心地待在他的工棚里。他坐在一块木板上，手指间搓着木屑。

波普说："你阿姨走了，孩子。"

"去哪儿了，波普先生？"

"哈，孩子！这个问题提得好。"他说到这里便再没往下说。

后来，波普发觉自己成了个受欢迎的人。消息马上传开了。一天，埃多斯说："波普怎么了？像是没有朗姆酒了吧。"哈特听后跳了起来，差点给了他一巴掌。打那以后，大家经常聚在波普的工棚里。他们谈板球、足球和电影——什么都谈，除了女人，就是想让波普高兴。

波普的工棚里不再有锤子声和锯子声。木屑闻起来不新鲜了，颜色也变黑了，几乎像烂泥一样。波普开始酗酒，喝醉以后的他我可不喜欢。他身上一股朗姆酒味，经常大哭大叫，然后就发火想打人。这使哈特那帮人接纳了他。

哈特说："我们过去错怪了波普，他是条好汉，和我们一样。"

波普喜欢这些新伙伴。他生性健谈，对街上那帮人也总是挺客气，一直很奇怪自己怎么会不受欢迎。现在他好像得到了自己想要的东西。但波普并不真的高兴。这友谊来得太晚了点。他发觉他并不像预期的那样喜欢那帮人。哈特竭力想让波普对其他女人感兴趣，但是波普做不到。

波普不在意我年龄小，有些话也会对我讲。

“孩子，等你到了我这把年纪，”有一次他说，“你会发现你一旦得到自以为喜欢的东西，你就不会再珍惜它们了。”

他讲话就这个风格，像谜一样。

终于有一天，波普离开了我们。

哈特说：“他不说，我也知道他去哪儿了。他是去找他老婆了。”

爱德华说：“你觉得她会跟他回来吗？”

哈特说：“等着瞧吧。”

我们也用不着等很久，报上很快就报道了这件事。哈特说果然不出他所料。波普在阿里马打伤了那个拐走他妻子的男人。那人就是给过我许多袋青草的园丁。

波普倒没出什么事，只是被罚了点款就获准回来了。当地的法官警告波普以后最好别再去骚扰他妻子。

有人编了首关于波普的卡里普索小调①，它在那年很流行呢，还成了狂欢节的进行曲，安德鲁斯姐妹乐队为一家美国唱片公司演唱了这首歌：

①一种流行于西印度群岛的民歌，多为即兴编唱，以讥讽为主题。

有个木匠伙计去了阿里马
为寻一个名叫伊梅尔达的小活宝。

这可是米格尔街的大事件。

在学校，我常对人说："那个木匠伙计是我特别好、特别好的朋友。"

在板球场和赛马场，哈特逢人便说："认识他吗？天哪，我和那老兄过去整天在一起喝酒。乖乖，他可真是海量。"

波普回来后完全变了个人。我一要跟他说话，他就对我大呼小叫。哈特和其他人一带着朗姆酒去工棚看他，他就把他们轰出去。

哈特说："你们看，女人把那家伙整疯了。"

但是过去那熟悉的声响又从波普的工棚里传了出来。他拼命干活，我真想知道他是否还在做没有名字的东西。但我害怕，没敢问他。

他往工棚里拉了一盏电灯，开始在夜间干活。货车一辆一辆地停在他家门外，将东西拉进拉出。后来波普又忙着粉刷房子，将墙面刷成亮绿色，又将屋顶刷成大红色。哈特说："这家伙准疯了。"

他又补充道："就像他又要做新郎官一样。"

哈特没怎么说错。大约两星期后的一天，波普回家时带了一个女人来。是他妻子，我阿姨。

"女人就这副德行，"哈特评论道，"她们喜欢的就是这种东西。不是那个男人，而是那幢新刷的房子和屋里那套全新的家具。我敢跟你们打赌，要是阿里马的那个男人也有新房子、新家具，她才不会跟波普回来。”

不过，我不在乎哈特怎么说。我很高兴，又能看到波普早晨擎着朗姆酒站在外面，用手指蘸蘸酒同熟人打招呼，我又能问他：“你在做什么呀，波普先生？”并得到那熟悉的回答：“哈，孩子！这个问题提得好。我在做一样没有名字的东西。”

波普很快又恢复了过去的生活方式，他仍然把时间都花在做那样没有名字的东西上。他又停止了干活，他妻子又到我们学校附近的那户人家做了厨娘。

波普的妻子回来以后，街坊几乎都在生波普的气。大家觉得以前对他的同情受到了嘲弄，都白费了。哈特又说道：“我早就讲过，那个该死的波普就是太傲气。”

但是现在波普不在乎了。

他常对我说：“孩子，今晚回家祈祷吧！愿你像我一样快活。”

后来发生的事太突然，我们谁都没料到会出这种事。哈特也是读了报纸后才知道的。他总爱读报，常常从早上十点一直读到晚上六点左右。

哈特喊了起来：“我看到了什么啊？”他把那标题拿给我们看：小调里唱的木匠入狱。

太不可思议了。原来波普一直东偷西盗。所有那些新家具（这是哈特的说法），都不是波普做的。他偷来别人的东西，然后把它们重新组装。实际上，他偷的东西太多，有些用不上的只好拿去卖掉。他就是这么被抓住的。我们这才明白那一阵子为什么总有许多货车停在波普家门口。他什么都偷，就连装修房子用的涂料和刷子也是偷来的。

哈特说出了我们大家的心里话：“这老兄真笨，为什么他要去卖偷来的东西呢？你们说说，为什么？”

我们都认为他这么做确实太蠢。可是，我们打心眼里佩服波普，他是条真正的男子汉，也许比我们谁都强。

至于我阿姨……

哈特说：“他被判了多久？一年？就算表现好提前三个月释放，那也还有九个月。我断定她顶多守三个月的妇道。过了这段时间，米格尔街就不会再有伊梅尔达这个人了。”

但是伊梅尔达再没离开米格尔街。她不仅继续干着厨娘的活儿，还开始帮人熨洗衣服。街上没有人因为波普做了见不得人的事而感到遗憾，毕竟这种事大家都有可能去做。他们只是可怜伊梅尔达一个人还要独守空房那么久。

波普回来后成了英雄。他成了那帮小子中的一员，混得比哈特和鲍嘉都强。

但对我来说，他变了。这种变化使我伤心。

因为他开始干活了。

他开始为别人做莫利斯式椅子、桌子和衣橱。

这之后我问他：“波普先生，你什么时候再做没有名字的东西呀？”他竟臭骂了我一通。

“你他妈的真烦人，”他说，“快滚开，否则我非揍你不可。”

乔治和他的粉红房子

我怕“大脚”比佛，但尽管“大脚”比佛是这条街上块头和力气最大的人，我更怕乔治。乔治长得又矮又胖，蓄着一撮灰色的小胡子，肚子特别大。他看上去不会伤害任何人，但总是自言自语，骂骂咧咧的，因而我从来也没想过对他友好。

他就像他家院子前拴着的那头驴，又灰又老，除了偶尔嘶叫一番外，就像哑巴一样。乔治似乎对身边的事情从不关心。说来也怪，我发觉没有人说乔治是疯子，可人人都说我挺喜欢的曼曼疯了。

乔治的房子也让我害怕。那是座破烂不堪的木屋，外面涂成了粉红色，马口铁做的屋顶上布满了黑锈。房子右边的那扇门总是开着，内墙从未粉刷过，日子久了便显得灰黑灰黑的。房间的一角有张很脏的床，另一角放着一张桌子和一个凳子，此外再没有别的家具。没有窗帘，没有壁画。就算是鲍嘉，他的屋里还挂着张劳伦·白考尔[①]的画

①劳伦·白考尔（1924－2014），美国好莱坞名演员。

像呢。

我简直不敢相信，乔治有妻子，还有一个儿子和一个女儿。

和波普一样，乔治也喜欢让妻子做家务和院子里的活儿。他家养了几头牛，为这我也恨乔治。因为牛棚里淌出的水弄得街上的阴沟臭气熏天，而我们在人行道上打板球时，球经常掉进沟里。博伊和埃罗尔就总故意把球放在臭水沟里沾湿，用来恶作剧。

乔治的妻子从来就不是个体面的人。在我心目中，她仅仅是乔治的妻子而已。我也一直以为，乔治的妻子几乎总在牛棚里面。

乔治经常开着家门，坐在外面的水泥台阶上，而他妻子则在忙碌。

乔治从未成为米格尔街上那帮人中的一员。他似乎并不在乎。他有妻子、女儿和儿子，他一个个地打他们。儿子伊莱亚斯长大后，乔治就更多地打女儿和妻子。他的打骂好像并没给做母亲的带来任何好处，她只是越来越瘦。可女儿多利却越打长得越欢。她一年比一年胖，一年比一年咯咯咯笑得厉害。儿子伊莱亚斯越变越严肃，但从没跟父亲顶过嘴。

哈特说："伊莱亚斯那家伙心肠太好。"

一天，鲍嘉当着众人的面说："哼，乔治那老东西，我真恨不得狠狠揍他一顿。"

有几次，趁伊莱亚斯和大家在一起时，哈特对他说："小子，我真为你难过，你为什么不治治那个老东西呢？"

伊莱亚斯总是说："那是上帝的事情。"

那时伊莱亚斯只有十四岁左右。不过他生来就那个样子，为人严肃，而且有雄心大志。

自打乔治买了两条阿尔萨斯狼狗，并把它们拴在家门口水泥台

哈特聪明地说道:“我们等着瞧吧。”

伊莱亚斯退出了我们的圈子。

葬礼之后的头几天,乔治一直很伤心。他喝了好多朗姆酒,在街上来回走,又是哭又是捶胸,到处请人宽恕他,求人可怜他这个命苦的鳏夫。

几周以后,他还是不停地饮酒,在街上跑来跑去,请求大家宽恕,搞得大家莫名其妙。“我儿子伊莱亚斯,”乔治总这么说,“我儿子伊莱亚斯原谅我了,他到底是个受过教育的孩子。”

一次他碰到哈特。哈特说:“你家的牛怎么样了?你给它们挤奶吗?喂它们吗?你现在也想宰了你的牛吧?”

乔治于是把牛全卖给了哈特。

“上帝会说这是趁火打劫,”哈特笑道,“我说这是一笔交易。”

爱德华说:“这对乔治有好处,他是在赎罪。”

“嗯,我也这么看,”哈特说,“我给他的钱足够他喝两个月的酒。”

有一周时间,乔治不在米格尔街。这期间我们见到多利的机会多了。她把前屋打扫得干干净净，又从邻居那儿讨来些鲜花摆在屋里。她咯咯咯的笑声也比以前多了。

街上有人（不是我）毒死了那两条阿尔萨斯狼狗。

我们都希望乔治是永远地走了。

可他却回来了，还是醉醺醺的。不过他不再哭了，也不那么绝望了。他还带了一个女人。那女人是个十足的印第安种，有点老，但看上去很结实，足够对付乔治的了。

“她好像也是个酒鬼。”哈特说。

那女人成了乔治家的新主人，多利只好再搬回到后屋空荡荡的牛棚里。

后来我们又听说了不少乔治打人的事，大家都说为多利和那个新来的女人难过。

我同情那个女人和多利。我真想不通这世上有谁愿意与乔治生活在一起。大约两周后的一天，波普对我说：“乔治的新老婆离开了他，你听说了吗？”我听后一点也不惊讶。

哈特说：“真不知道等我给的钱花光了，他会怎么样！”

我们很快看到了答案。

那座粉红房子几乎一夜之间便成了人声鼎沸的场所。有许多女人进出，大声喧哗，对自己的穿着毫不在意。每次我经过那粉红房子，那些女人便朝我说下流话，有的还挤眉弄眼，邀我“进去乐乐”。除了这些不相识的女人外，还有许多坐着吉普车来的美国兵。

米格尔街上充满了笑声和尖叫声。

哈特说：“乔治那家伙把这条街的名声都搞臭了。”

一时间，米格尔街好像属于那些陌生人了。就连哈特和其他小兄弟想在人行道上坐下来谈点事情，都没法找到一块清静的地方。

可是鲍嘉却与那帮陌生人混得挺熟，一周里总有两三个晚上和他们在一起。他假装对看到的那些事很反感，可我不信，因为他总是跑回去。

“多利怎么样了？”有一天哈特问他。

“她工作了。”鲍嘉这意思是说她很好。

“我知道她工作了，”哈特说，“可她做什么工作呢？”

“噢，帮人扫地、做饭。”

“给所有人吗？”

“给所有人。”

伊莱亚斯有一间自己的屋子，每次回到家就再也不出门。他在外面吃饭，眼下正准备参加什么重要的考试。他不再关心家庭，鲍嘉曾这么说过，或者应该说这么暗示过。

乔治仍然在酗酒；可他发财了，现在穿上了西服，还打上了领带。

哈特说：“他肯定挣了大钱，否则他拿什么去贿赂警察和那些人。”

然而，我最不理解的是那些陌生女人对待乔治的态度。她们好像很喜欢他，也很尊重他。而乔治对她们却并不温和。他还是那副样子。

一天他向大家宣布道："多利现在没有妈妈了，我只能又当爹又当妈。我说，现在该是多利嫁人成家的时候了。"

他选中了一个名叫"剃刀"雷泽的家伙。简直再也想不出比这更适合他的名字了。他长得矮小，又很瘦，光洁的嘴唇上蓄着一撮整齐坚硬的小胡子。他的裤子总是熨得笔挺，两条中缝线又直又清晰。据说他身上总带着一把刀子。

哈特不希望多利嫁给"剃刀"雷泽。"他是个危险人物，"他说，"没准什么时候就会在你背上捅一刀。"

但多利仍是咯咯地傻笑。

"剃刀"雷泽与多利在教堂举行了婚礼，然后回到粉红房子举办招待宴。女人们个个打扮入时，还来了许多美国兵和水手，喝酒笑闹，向乔治道喜。那些女人和美国人让多利和雷泽亲嘴，亲了一遍又一遍，女人们还在一旁起哄。多利仍是笑个不停。

哈特说："你们知道吗，她不是在笑，是在哭呢。"

那天伊莱亚斯没在家。

女人和美国佬唱起了《甜蜜十六岁》和《时光流逝》。然后他们又让多利与雷泽亲嘴。有人喊道："说话呀！"于是大家都笑了，跟着喊道："说话呀！说话呀！"

雷泽任由多利站在一旁傻笑。

"说话呀！说话呀！"参加婚礼的客人们起哄。

多利笑得更厉害了。

这时乔治开口说道："多利，你结婚了，没错。可你别以为自己长大了，我就不能把你放在大腿上揍你屁股了。"这句玩笑话引得客人们都乐了。

多利却突然止住了笑，愣愣地看着大家。

有那么一瞬间，大家都沉默了，虽然时间短得几乎让人觉察不出。忽然一个醉醺醺的美国水手挥手嚷道："乔治，你可以更好地利用这女孩嘛。"大家一听都大笑起来。

多利从院子的地面上抓起一把石子就要朝那水手扔去，可她突然停住了，哇地哭了出来。

接着是一阵笑声、欢呼声和叫声。

多利后来怎么样，我不得而知。爱德华说她住在大桑格雷。哈特说他曾见她在乔治街市场上卖东西。不管怎么说，她离开了米格尔街，永远地离开了。几个月后，那些女人开始消失了。停在乔治家门外的吉普车也比以前少了。

"你也该整顿整顿了。"哈特说。

鲍嘉点了点头。

哈特接着又说："如今要在西班牙港找个好去处容易得很。乔治的问题就是太笨，成不了大器。"

哈特真是个预言家。六个月之内，粉红房子里就只剩下乔治一个人。那以后，我常看见他坐在门前的台阶上，不过他再也不看我了。他看上去又老又疲倦，神色悲伤。

不久他就死了。哈特和几个兄弟凑了点钱，我们把他葬在了拉佩鲁斯公墓。伊莱亚斯也来参加了葬礼。

天赋使命

午夜过后，街上会定时传来两种声音。大约两点钟光景，你听见的是扫路人的声音，然后在黎明前夕，清洁马车来了，你能听见清洁车夫们铲那些由扫路人堆成了堆的垃圾的声音。

街上的男孩没有一个想成为扫马路的。但如果你问任何一个男孩将来想干什么，他准会说："我想做个马车夫。"

驾蓝色马车当然是件有吸引力的事情。那些人简直是贵族。他们只在清早工作，其余的时间都闲着。他们没事可干，于是经常罢工。罢工的诉求也不高，只为一天增加一分钱这样的事。或者，有人被解雇了，他们就罢工。战争开始了，他们罢工；战争结束了，他们也罢工。印度独立了，他们罢工；甘地死了，他们也罢工。

埃多斯是个清洁车夫，令大多数男孩都很羡慕。他说他父亲当年是最好的清洁车夫，还对我们讲了许多那位老把式驾车技术如何高超的故事。埃多斯出身印度底层，不太会说假话。他驾车的本领是家传的。

一天，我在清扫家门口的人行道，埃多斯走过来想把扫帚拿走。我喜欢扫地，不愿把扫帚给他。

“小家伙，你对扫地懂多少？”埃多斯笑哈哈地问。

我说：“怎么，这也有很多学问吗？”

埃多斯说：“这是我干的事情，小家伙。我有经验。你还是等长到我这么大再说吧。”

我把扫帚给了他。

这之后我难过了好长一段时间。我感觉自己似乎永远也长不到埃多斯那么大，永远也不可能拥有他称之为经验的东西了。我变得更加羡慕埃多斯，更加想做一个清洁车夫。

可伊莱亚斯却不是这样的男孩。

当我们这些组成米格尔街少年俱乐部的人蹲在人行道上，像哈特、鲍嘉等人那样大谈诸如人生、板球和足球这类话题的时候，我对伊莱亚斯说：“这么说你不想成为清洁车夫喽？那你想干什么呢？做个扫地的？”

伊莱亚斯干脆地朝阴沟里吐了一口痰，低头看了看，然后非常认真地说：“我想做一名医生。”

要是这话出自博伊或埃罗尔之口，我们大家准保都会笑的。可我们知道伊莱亚斯与众不同，伊莱亚斯很有头脑。

我们都为伊莱亚斯感到难过。他父亲乔治打起这孩子来根本就是要命，可伊莱亚斯从不哭，也从不跟他父亲顶嘴。

一天我要去奇恩的铺子买三分钱的黄油，我邀伊莱亚斯一起去。当时我没看见乔治，以为不会有事的。

可我们刚走了两座房子那么远就撞见了乔治。伊莱亚斯很害怕。

乔治走过来厉声说道："你去哪儿？"说着就在伊莱亚斯的下巴上重重地扇了一巴掌。

乔治喜欢打伊莱亚斯。他常用绳子把他捆起来，然后再用他在自家牛棚的阴沟里浸湿的绳子抽他。就是这样伊莱亚斯也不会哭。事后不久，我都会看见乔治和伊莱亚斯在一起有说有笑。乔治常对我说："我知道你在想什么。你一定在奇怪我和他怎么这么快就和好了。"

我越不喜欢乔治，就越喜欢伊莱亚斯。

我是相信他总有一天会成为医生的。

埃罗尔说："我敢跟你们打赌，他做了医生后会把我们大家忘了的。嗯，伊莱亚斯？"

伊莱亚斯的嘴角浮现了一丝微笑。

"不会的，"他说，"我才不会那样呢。我会给你、博伊以及你们大伙儿好多好多钱。"他边说边挥动着那双小手。我们仿佛看见伊莱亚斯已经成了一名医生，并拥有了凯迪拉克汽车、黑色手提包和电视机之类的东西。

伊莱亚斯开始到米格尔街那头的学校上学了。那所学校看上去根本没有学校的样子。在我看来它和其他房子没有什么两样，只是外面多了一块招牌，上面写道：

泰特斯·霍伊特，中级文学学士（伦敦大学函授教育）
保证获得
剑桥中学文凭

说来也怪，尽管乔治动辄就打伊莱亚斯，他对儿子能受到教育却感到很自豪。“这孩子学到的东西还真不少。他能读西班牙语、法语和拉丁语，还会写西班牙语、法语和拉丁语。”

伊莱亚斯在母亲去世的前一年参加了剑桥高中的结业考试。

泰特斯·霍伊特来到我们住的街这头。

“那男孩会以优异的成绩通过这次考试的。”泰特斯·霍伊特说，“他肯定会获得好成绩的。”

我们看着伊莱亚斯穿着干净的卡其色裤子和白衬衫走进了考场，都带着敬畏目送他。

埃罗尔说：“伊莱亚斯写的所有东西都不会留在这里，你们知道，那孩子写的每一个字都会被送到英国。”

这话听起来让人不敢相信。

“你们以为呢？”埃罗尔说，“伊莱亚斯的脑子好使着呢。”

一月份伊莱亚斯的母亲去世了，三月份考试结果出来了。

伊莱亚斯没有通过考试。

哈特将登在《卫报》上的名单看了一遍又一遍，他一面找伊莱亚斯的名字，一面说：“说不定他们出错了。这是常有的事情，尤其是名字这么多的时候。”

伊莱亚斯的名字没有在报纸上。

博伊说：“你们还指望什么呀？是谁改的考卷？是英国人，难道不是吗？你们指望他们会让伊莱亚斯通过？”

伊莱亚斯当时也在场，他的脸色很难看，一言不发。

哈特说：“真他妈的可耻。他们要是知道这孩子有多难过的话，就会马上让他通过的。”

泰特斯·霍伊特说："别着急。罗马也不是一天就建成的。今年！今年情况肯定会更好。我们要让那些英国佬开开眼。"

伊莱亚斯离开我们，和泰特斯·霍伊特住在了一起。我们很少能看见他。他夜以继日地学习。

来年三月的一天，泰特斯·霍伊特乘车到我们这里说："你们听说了吗？"

"什么事情？"哈特问。

"那男孩是个天才。"泰特斯·霍伊特说。

"哪个男孩？"埃罗尔问。

"伊莱亚斯。"

"伊莱亚斯怎么了？"

"这孩子通过了剑桥高中的结业考试。"

哈特惊叹道："剑桥高中的结业考试？"

泰特斯·霍伊特微笑道："全凭他自己。他得了三等。他的名字明天就要见报。我总是说，我现在还要说，伊莱亚斯这孩子脑子真好使。"

哈特后来说："可惜伊莱亚斯的父亲死了。他虽然没有一技之长，却希望自己的儿子能受到良好的教育。"

那天晚上，伊莱亚斯回来了，所有人，大人和孩子，都簇拥在他身边。他们什么都谈，就是不提念书的事情，伊莱亚斯也在谈论电影、女孩子和板球之类的话题。他看上去仍旧很严肃。

趁谈话中断时哈特说："你现在打算做什么呢，伊莱亚斯？找工作吗？"

伊莱亚斯吐了口唾沫。"不，我想我要再考一次。"

我说："那是何苦呢？"

"我要得个二等。"

我们明白了，他是想做医生。

伊莱亚斯在人行道上坐下后，说："是的，伙计，我要再考一次，今年我要让那位剑桥先生看了我的考卷后拍案叫绝。"

我们没有吭声，可心里却在嘀咕。

"最让我头疼的是英语和温学（文学）。"

从伊莱亚斯嘴里说出的"温学"是我听过最美的词。这个词听起来像是能吃似的，就像巧克力一样好吃。

哈特说："你是说你要读很多雌歌（诗歌）吗？"

伊莱亚斯点了点头。让伊莱亚斯小小年纪就学温学和雌歌，我们觉得很不公平。

伊莱亚斯搬进了粉红房子，那房子自他父亲死后一直没人住。他又开始发奋学习了。他回到了泰特斯·霍伊特办的学校，不是去做学生，而是去当老师。泰特斯·霍伊特说他每月付给伊莱亚斯四十元工资。

泰特斯·霍伊特补充说："他配拿这份工资。他是全西班牙港最聪明的孩子之一。"

伊莱亚斯回到我们身边后，我们发现他变得更优秀了。他成了这条街上最干净的男孩。他每天要洗两次澡，刷两次牙。他洗澡和刷牙时都站在那座房子前面的水龙头前。他每天早上去学校之前都要将房子打扫一遍。他和他父亲截然相反。他父亲又矮又胖，而且特别脏，而他又高又瘦，特别干净；他父亲酗酒，骂脏话，他滴酒不沾，没人听他说过一个脏字。

我母亲常对我说："你为什么不学学伊莱亚斯？我真不知道上帝怎么会给我这么一个儿子。"

每次哈特或爱德华打博伊和埃罗尔时，他们总是说："你为什么要打我们？你知道，又不是每个人都能和伊莱亚斯比。"

哈特常说："伊莱亚斯这孩子不仅有头脑，人也很好。"

因此，在知道伊莱亚斯第三次参加考试没通过后，老实说，我有点幸灾乐祸。

哈特说："你们都看见这些英国佬是什么德行了。这里没人敢对我说这孩子通不过考试，但你们要是以为他们会给他高分，那就大错特错了。"

大家听了都说："真可耻。"

哈特问伊莱亚斯："你现在打算做什么呢，孩子？"伊莱亚斯说："你知道，我得找个工作。我想做卫生检查员。"

于是我们想象他穿着一套卡其色制服，戴着一顶卡其色帽子，手里拿着一个小笔记本，挨家挨户做检查的情景。

"是的，"伊莱亚斯说，"卫生检查员，这正是我想做的工作。"

哈特说："我想，干这一行应该挺有钱的。我听你父亲乔治说过，为了堵住卫生检查员的嘴，他每月都要付他五元。假设有十个或八个这样的人，这就是说——让我算算，十乘五等于五十，八乘五等于四十，这样你每月至少可以得到四十到五十元。听着，这还不包括你的工资。"

伊莱亚斯说：“我可不是冲着这些钱去的。我确实喜欢这份工作。”

这一点是很好理解的。

伊莱亚斯说：“只是要得到这份工作，还得考试。”

哈特说：“他们不会把考卷送到英国去吧？”

伊莱亚斯说：“不会。不过，我可是考怕了。我在考场上没有运气。”

博伊说：“我还以为你要做医生呢。”

哈特说：“博伊，你把嘴闭上，否则看我不砍断你的小尾巴。”

但博伊并没有什么恶意。

伊莱亚斯说：“我改变主意了。我想做个卫生检查员。我确实喜欢这份工作。”

伊莱亚斯连续三年参加卫生院考试，每次都以失败告终。

他开始说：“在特立尼达你还能指望什么呢？就是请人剪个脚指甲也要行贿。”

哈特说：“那天我在船上碰见一个人，他说在英属圭亚那卫生检查员的考试容易得多。你可以去圭亚那考试，然后回来工作。”

伊莱亚斯乘飞机去圭亚那参加了考试，但没有通过，于是又飞了回来。

哈特说：“我遇见一个巴巴多斯人，他告诉我巴巴多斯的考试要容易点。他说容易得很。”

于是伊莱亚斯又飞到巴巴多斯参加了考试，但还是没有通过，只好飞了回来。

哈特说："那天我碰到一个格林纳达人……"

伊莱亚斯说："闭上你的臭嘴，要不我就跟你没完。"

几年之后，我也参加了剑桥高中的结业考试。剑桥的考官给了我二等。我向海关申请工作，没费多大力气就通过了。我领到一套带铜扣的卡其色制服和一顶帽子。那套制服很像卫生检查员的工作服。

我头一回穿那套制服时，伊莱亚斯恨不得揍我一顿。

"你妈为了给你弄到那份工作都做了什么手脚？"他喊道。我正要揍他，被埃多斯一把拦住了。

埃多斯说："他不过是伤心和嫉妒罢了，没有其他意思。"

后来，伊莱亚斯成了这条街上的贵族之一，驾起了清洁马车。

"这里没有道理可讲，"伊莱亚斯说，"面对现实吧。我真的喜欢我现在干的工作。"

曼曼

米格尔街上的所有人都说曼曼是个疯子，所以大家都离他远远的。曼曼疯没疯，我说不准，不过我倒是能想出许多比曼曼疯得多的人。

反正他看上去并不疯。中等身材，体形瘦弱，相貌也不差。他从不像疯子那样盯着你看。和他说话，你准会得到合情合理的回答。

不过他也确实有些怪癖。

每逢选举，不论是市镇议会选举还是立法机构选举，他都要参加，而且总要在选区各处贴上宣传海报，海报印刷得很考究，上方总是那句“投票”，下方则贴着他本人的照片。

每次选举，他得到的选票总是正好三张，这一点我觉得很蹊跷。就算曼曼投了自己一票，那其他两票又是谁投的呢？

我问哈特。

哈特说：“伙计，我也说不清。这确实是个谜。也许是两个爱开玩笑的人。不过，这爱开玩笑的人不断地做同一件事也真是很有意思。想必他们也像曼曼一样疯了。”

那两个给曼曼投票的疯子到底是谁，这个问题困扰了我很长时间。每次看到有人行事稍有古怪，我就会想：“是不是他给曼曼投的票？”

小城中的这两个神秘人一直未露真身。

曼曼从不干活，可他也从没闲着。他对文字，特别是写下来的文字格外着迷。为了写好一个字，他会花上一整天的工夫。

一天我在米格尔街的拐角处碰到了曼曼。

“孩子，你去哪儿？”曼曼问。

“我去上学。”我说。

曼曼板着脸看着我，用嘲讽的口吻说道：“这么说，你是去上学喽？”

我不假思索地说：“我当然是去上学了。”我发现自己说话时竟不知不觉地模仿起曼曼那地道纯正的英国口音。

口音是曼曼身上的又一个不解之谜。如果你闭上眼睛听他说话，准会以为他是个英国人，一个上流社会的绅士，尽管这位绅士说话时不那么注意语法。

曼曼自言自语道：“这么说，这个小家伙是去上学喽。”

说完他便不再理我，从口袋里掏出一支长粉笔，开始在人行道上写起来。他画了一个很大的“S”形轮廓，然后将它填满，接着又画了“C”、“H”和“O”，后来又画了好几个“O”，一个比一个小。他越写越潦草，写了一大串“O”。

中午我回家吃饭时，他已经到了法国街，还在地上写着“O”，一面写一面用破布擦掉写错的。

到了下午，他已经绕着街区转了一圈，差不多又回到了米格尔街。

我回家换去校服穿上平时的便装，又来到了街上。

他现在已经到了米格尔街的中段。

他说："这么说，小家伙今天已经上过学了？"

我说："是的。"

他站起来直了直腰。

接着他又蹲下，在地上画了一个巨大的"L"[①] 形轮廓，然后在里面慢慢地填了起来，样子十分专注。

填完之后，他站了起来，说："你的活儿干完了，我的活儿也干完了。"

事情就是这样。如果你对他说你要去打板球了，他就会先写好"CRICK"[②]，然后全神贯注地一遍遍写"E"，直到再见着你。

一天，曼曼来到米格尔街头的那家大咖啡馆，朝坐在凳子上的顾客大呼小叫，好像他是条狗。店老板是个葡萄牙人，个头很高，手背上长满浓密的汗毛。他说："曼曼，趁早滚出店门去，免得我跟你过不去。"

曼曼听后只是笑。

结果他们把曼曼扔了出去。

第二天，那位店老板发现有人在夜里潜入咖啡馆，打开了所有的门。不过没丢什么东西。

哈特说："你千万不要得罪曼曼，他可记仇了。"

那天夜里，又有人潜入咖啡馆打开了所有的门。

第三天夜晚，咖啡馆再次被人潜入。这一回在每个凳子的中央

---

① L 和之前所写的几个字母合起来即是"SCHOOL"，意为"学校"。

②板球的英文为 cricket。

和所有桌子的台面上都留下了一小团一小团的粪，柜台上也排了粪。

一连好几个星期，咖啡馆老板都是街上的笑柄。过了很长时间，人们才开始重新光顾那家咖啡馆。

哈特说："怎么样，我说得没错吧。我不喜欢和那家伙啰嗦。这种人心眼坏着呢。他们生来就如此。"

正是诸如此类的事才使得大家疏远了曼曼。他唯一的伙伴就是那条白耳朵上带着黑斑的小杂种狗。这条狗某些地方有点像曼曼，它很怪，从不乱叫，也不盯着你看，你看它时，它总是看向别处。它也从不与其他狗来往，若有哪条狗对它表示亲热或敌意，它便会轻蔑地瞟上一眼，然后头也不回地慢慢走开。

曼曼爱自己的狗，那狗也爱曼曼。他们俩谁也缺不了谁。若是没了这狗，曼曼就无以为生了。

曼曼好像还一手控制了那条狗的拉撒。

哈特说："这真难住我了。我搞不明白是怎么回事。"

事情其实都开始于米格尔街。

一天早晨，有几个女人起床后，发现她们头天夜里泡着的衣服上沾满了狗粪。没人愿意再用沾上狗粪的被单和衬衫，所以曼曼轻易地拿到了这些脏衣服。

曼曼经常拿着这些衣服去卖。

哈特说："就是这种事才使我怀疑那家伙是不是真的疯了。"

曼曼的这套把戏从米格尔街开始扩散至其他街道。那些深受曼曼的狗之害的人倒巴不得别人也有同样的遭遇。

米格尔街上的人简直有些为曼曼感到骄傲了。

我不知道是什么使曼曼改邪归正的。也许与他的狗死了有关。它是被汽车轧死的。哈特说："当时它只尖叫了一声就一命呜呼了。"

曼曼一连数日四处游荡，看上去神志恍惚，若有所失。

他不再在地上写字了，也不再和我或街上其他男孩说话了。他开始自言自语，经常握着双手不住打战，像得了疟疾似的。

一天，他说他洗完澡以后看见了上帝。

这并不让我们觉得惊讶。在西班牙港，实际上在整个特立尼达，看见上帝是常有的事。第一个看到上帝的人就是从富恩特林来的通灵按摩师格涅沙·庞迪特。他见过上帝，还出版了一本小册子，名叫"上帝对我说的话"。许多敌对的通灵人和不少按摩师都宣称有同样的经历。我想，既然上帝在此，曼曼看见他也就不足为怪了。

曼曼开始在米格尔街拐角处玛丽商店的遮篷下布道，每周六晚上他都这么做。他蓄起了胡子，穿一件白色的大长袍，手里拿着《圣经》和其他圣物，站在一盏乙炔灯下。曼曼是布道高手，所用方法很奇特。他的布道不仅使女人流泪，还能让哈特那样的人坐立不安。

他总是用左手敲打着握在右手中的《圣经》，用纯正的英国腔说道："这几天我一直在和上帝交谈，他和我谈起你们这些人时可颇有微词呀。这些日子你们也都听见了，所有的政客都在谈论如何使本岛自给自足的问题。你们知道昨晚上帝说了什么吗？就在昨天晚上，就在我刚吃完饭后，上帝对我说，'曼曼，过来看看这些人吧！’他令我看到丈夫吃妻子，妻子吃丈夫，还令我看到父亲吃儿子，母亲吃女儿，还有兄弟吃姐妹，姐妹吃兄弟。这就是那些政客口口声声说的什么让本岛自给自足。兄弟们，快听上帝的话吧，现在还来得及。”

每周六晚，我听完曼曼的布道就要做噩梦。奇怪的是，他越是吓唬大家，大家越是愿意去听。募捐时，大家给他的钱也越来越多。

他平时总是穿着那件白袍子，走东串西到处讨饭。他说这么做是奉了耶稣之命，他已经把自己所有的东西施舍给了别人。看着他那把长长的黑胡子和那双明亮深邃的眼睛，你又怎么能拒绝他呢？他不再把我放在眼里，也没再问过我：“这么说，你是去上学喽？”

米格尔街上的人也不知道他怎么变成了这个样子。大家只好安慰自己，说曼曼确实疯了。不过我觉得，他们和我一样，也吃不准曼曼是否真的疯了。

之后发生的事情并非完全出人意料。

曼曼宣称他是新的救世主。

有一天哈特说：“你们听说了吗？”

我们问：“什么？”

“关于曼曼的事，他说他打算这两天就上十字架。”

“现在没有人敢碰他，”爱德华说，“谁都怕他。”

哈特解释说：“不是的，不是那回事，他是要把自己送上十字架。没准哪个周五他就要去布鲁盆地那儿，把自己绑上十字架，然后让人们用石头砸他。”

有人笑了起来，我想是埃罗尔，但他发觉没人跟着笑，便又沉默了。

除了对曼曼感到疑惑和忧虑外，我们还为他骄傲，毕竟他是我们米格尔街出来的人。

商店、咖啡馆和某些人家的大门上相继出现了一些手写的通知，宣布了曼曼要上十字架的消息。

“到时候布鲁盆地那儿肯定会有许多人，”哈特不无得意地说，“我听说他们还要派警察去呢。”

那天一大早，商店还没开门，阿里亚皮塔街上的无轨电车还没开始营运，米格尔街的拐角上就已经聚集了一大群人。许多男人穿着黑衣，穿白衣的女人更多。他们在唱圣歌。另外还有二十来名警察，不过他们没唱圣歌。

曼曼来了，他看上去很消瘦，却显得很神圣。女人们一见他便哭叫着冲上去，争着摸他的长袍。警察们站在一旁，以防发生不测。

一辆装着一个巨大木十字架的货车开了过来。

一身哔叽西服的哈特看上去很不高兴。他说：“他们告诉我，十字架是用做火柴的木料做的，不重，轻得很。”

爱德华急切地说道：“怎么这么说？这可是关系灵魂的大事。”

哈特说：“我没说什么啊！”

有人要把十字架从车上卸下来给曼曼，但被他制止了。那天清晨，他的英国口音给我们留下的印象极深：“不是在这，放到布鲁盆地那儿！”

哈特听了很失望。

我们步行去了布鲁盆地，在西班牙港西北面群山中，那里有一道瀑布，我们走了两个小时才到达。曼曼从路边背起十字架，走上一条岩石嶙峋的山路，然后下到盆地边。

有几个男人竖起十字架，将曼曼绑了上去。

曼曼说："用石头砸我吧，兄弟们！"

女人们哭着将一些沙子和碎石朝他脚边扔去。

曼曼呻吟着说："上帝，宽恕他们吧！他们不知道自己在做什么。"接着他大声喊道："砸我呀，兄弟们！"

一块鸡蛋大的卵石击中了他的胸口。

曼曼叫着："砸呀，砸呀，用石头砸我呀，兄弟们！我会宽恕你们的。"

爱德华说："这家伙真勇敢。"

人们真的朝曼曼的脸和胸口扔起了大石块。

曼曼似乎受了伤，也很惊讶。他大声喝道："这究竟是怎么了？你们知道你们在做什么吗？听着，快把我从这东西上放下来，快点让我下来。我要找那个朝我扔石头的狗杂种算账。"

一阵怒吼从爱德华、哈特和我们其他人站着的地方传了出来。

一块更大的石头打中了曼曼。女人们也真的朝他扔起了沙子和石块。

我们清楚地听见曼曼在大声叫唤："别做蠢事了，住手，你们听见没有！你们听着，这个狗屁玩笑该结束了。"接着，他破口大骂，把大家都给镇住了。

警察带走了曼曼。

当局把他监禁了起来，永远地监禁了起来。

B. 华兹华斯

在米格尔街，每天都有三个乞丐准时来到热情友好的人家门前。大约十点，会出现一个身缠腰带、外穿白色夹克的印度人，我们会把一罐米放进他背后的口袋里。十二点会过来一个叼烟袋的老妇人，她会得到一分钱。下午两点，一个孩子会领着个盲人来讨钱。

有时，也有流浪汉上门求施舍。一天有个男人来乞讨，说他很饿，我们就让他饱餐了一顿。接着他又要了支烟，我们给他点上，他才肯离去。之后他没再出现。

有天下午四点左右，来了一个特别奇怪的乞丐。当时我已经放学回家，换上了便服。这个人对我说："孩子，我可以进你家院子吗？"

他身材矮小，穿戴整齐，头戴礼帽，身着白衬衣和黑裤子。

我问："你要干吗？"

他说："我想看看你家的蜜蜂。"

我家院子里有四棵美洲棕榈王，上面聚满了不请自来的蜜蜂。

我上了台阶，喊道："妈，外面有个人，说想看咱家的蜜蜂。"

母亲走出来，看着那个人，不太友好地问："你要干吗？"

那人说："我想看看你们的蜜蜂。"

他英文流利，几乎有些做作。我看出母亲有些顾虑。

她对我说："待在这儿，他看蜜蜂时，你看着点他。"

那人说："谢谢您，太太。您今天行了善。"

他说话缓慢，而且字正腔圆，就好像每说一个字都要花他钱似的。

我们看着蜜蜂，那人和我，蹲在棕榈树下，看了大约一小时。

那人说："我喜欢看蜜蜂。孩子，你喜欢看吗？"

我说："我没这闲工夫。"

他沮丧地摇摇头，说："我就爱干这个，只是看。我能整天看蚂蚁，你看过蚂蚁吗？还有蝎子、蜈蚣和两栖鲵，你看过吗？"

我摇摇头。

我说："你是做什么的，先生？"

他站起来说："我是诗人。"

我说："好诗人吗？"

他说："世界上最伟大的诗人。"

"你叫什么，先生？"

"B. 华兹华斯。"

"B 是比尔吗？"

"布莱克，布莱克·华兹华斯。怀特·华兹华斯是我哥哥，我们心灵相通。就连看见牵牛花那样的小花，我都会哭。"

我问："为什么哭？"

"为什么，孩子？为什么？你长大就明白了。你也会成为一个诗人，懂吗？当你成为诗人的时候，你就会为任何一件事哭泣。”

我忍不住笑了。

他问：“你喜欢你妈妈吗？”

“她不打我的时候，我就喜欢。”

他从裤兜里掏出一张印着字的纸片，说：“这张纸上有一首最伟大的写母亲的诗歌，我打算便宜点卖给你，四分钱。”

我进到屋里，说：“妈，你想用四分钱买一首诗吗？”

母亲说：“你听着，告诉那该死的家伙，让他赶快夹着尾巴离开我的院子。”

我告诉 B. 华兹华斯：“我妈说她没有四分钱。”

B. 华兹华斯回答：“这就是诗人的不幸。”

于是他把纸片放回口袋，似乎并不介意。

我问：“像这样到处转悠着卖诗也挺有意思，只有唱卡里普索小调的人才这么做。有很多人买吗？”

他说：“没有一个人买过。”

“那你为什么还要继续转悠呢？”

他说：“这样我能看到许多事情，我一直希望遇见诗人。”

我说：“你真的认为我是诗人吗？”

“和我一样好的诗人。”他说。

然后，B. 华兹华斯走了，我祈祷着能再见到他。

一周后，我下午放学回家，在米格尔街的拐角又遇到了他。

他说："我等你好久了。"

我问："卖出什么诗了吗？"

他摇摇头。

他说："我的院子里有棵西班牙港最好的芒果树，现在芒果熟了，又红又甜又多汁，我等在这儿，就是为了告诉你这件事，好请你去吃芒果。"

他住在阿尔贝托街正中心的一座单间小屋里，院子里郁郁葱葱，有一棵高大的芒果树，一棵椰子树和一棵李子树。这地方更像荒郊野外，完全不像是城里。街上看不到什么高大的混凝土房子。

他说得没错。芒果又甜又多汁，我一连吃了六个。黄色的芒果汁顺着手臂流到胳膊肘上，也从嘴角流到下巴，连衬衣也染上了果汁。

我回到家后，母亲问："你去哪儿了？你以为你现在长大了，可以到处跑了？去给我折根鞭子来。"

她狠狠地打我，于是我跑出了家门，发誓再也不会回去。我来到B.华兹华斯家，气冲冲的，鼻子还流着血。

B.华兹华斯说："别哭了，我们出去走走。"

我不再流眼泪，却还在抽泣。我们沿着圣克莱尔大道漫步，经过大草原公园，一直走到赛马场。

B.华兹华斯说："现在，让我们躺在草地上，仰望天空，我要你想想，星星离我们有多远？"

我按他说的去做，明白了他的用意：我感觉不到任何东西，同时又感到有生以来从没有过的骄傲和痛快。我忘记了生气，忘记了眼泪，也忘记了所有的不幸。

我说我感觉好些了，他便开始告诉我星星的名字。不知道为什么，我牢牢地记住了猎户星群。直到今天，我都能点出猎户星座，其他的则早忘光了。

这时，一道光射到了我们脸上。我们看见一个警察走过来，便从草地上起来了。

警察问："你们在这儿干什么？"

B. 华兹华斯说："四十年来，我也一直在问自己同样的问题。"

我们于是成了朋友，我和 B. 华兹华斯。他对我说："关于我和芒果树，还有椰子树和李子树的事，你不要告诉任何人，你必须保守秘密。如果说出去了，我会知道的，因为我是诗人。"

我向他发誓，并信守了自己的诺言。

我喜欢他的小屋。里面的家具虽没有乔治家前厅的多，但看起来比较干净舒服。不过，也显得冷清。

一天我问他："华兹华斯先生，你为什么留下了院子里的这些灌木，它们不会使这地方变得潮湿吗？"

他说："听着，我给你讲个故事。从前，一个小伙子和一个姑娘相遇了，然后相爱了。他们深爱着对方，于是结了婚。他们都是诗人。小伙子喜欢文字，而姑娘喜欢草地、花朵和绿树。他们在一间小屋里生活得很快乐。有一天，女诗人对男诗人说，'这个家将要有另一个诗人了。'但这个诗人并没有出现，因为姑娘死了，小诗人也随她去了，死在了她的肚子里。姑娘的丈夫非常悲痛，说再也不会去碰姑娘花园里的任何东西，所以花园保留至今，草木恣意地生长着。”

我看着 B. 华兹华斯，他在向我讲述这个动人的故事时，似乎苍老了许多。我听懂了他的故事。

我们经常走很远的路。我们去植物园和假山花园。在黄昏时分爬上大臣山，看着黑夜降临西班牙港，看着城里和港口的船只上逐渐亮起灯火。

他做任何事情都像是平生第一次做一样，都像是参加教堂的仪式一样。

他总对我说：“喂，去吃冰激凌怎么样？”

当我说“好”后，他又会变得很严肃，说：“喂，我们去哪家冷食店呢？”好像这是件多么了不起的事。他常常为此考虑好久，最后说：“依我看，应该去这家店打听一下价格。”

世界变成了一个令人兴奋的地方。

一天，在他的院子里，他对我说：“我有个天大的秘密要告诉你。”

我说：“真的是秘密吗？”

“现在来说还是。”

我看着他。他也看着我，说：“只有我和你知道，记住。我正在写诗。”

“哦！”我很失望。

他说：“但这是一首不同寻常的诗，是世界上最伟大的诗。”

我嘘了一声。

他说:“迄今为止，我写了五年，也就是说，如果我保持现在的速度，再花二十二年就完成了。”

“那么，你写下很多了吗？”

他说:“不多。我一个月写一行。但我确保它是一行好诗。”

我问:“那上个月的那一行好诗是什么？”

他望着天空说:“往昔是幽深的。”

我说:“多美的诗行。”

B. 华兹华斯说:“我希望从自己一个月的经历中提取精华，倾注到这一行诗中。因此，在二十二年后，我将写一首唱到全人类心里去的诗。”

我满怀惊叹!

我们仍一起漫步。一天我们正沿着码头的防波堤走着，我问道:“B. 华兹华斯先生，如果我把这枚钉子扔进水里，你认为它能浮起来吗？”

他说:“这是个奇妙的世界。你扔下去试试，看看会发生什么。”

钉子沉了下去。

我问:“这个月的诗怎么样了？”

但是他再也没有向我提起过其他诗行，只是说:“就好了，你知道，马上就好了。”

有时，我们会坐在防波堤旁，看着轮船驶入海港。

但是我再也没有听他说起那首全世界最伟大的诗。

我觉得他正慢慢老去。

“你是怎么生活的，华兹华斯先生？”有一天我问他。

他说：“你的意思是我怎么挣钱的吧？”

我点点头，他却诡异地一笑。

他说：“每年在卡里普索的季节我都要去唱小调。”

“那够你一年的开支吗？”

“足够了。”

“写完这首最伟大的诗后，你就会成为世界上最富有的人吗？”

他没有回答。

有一天，我到他的小屋去看望他，发现他躺在小床上。他看起来苍老又虚弱，我忍不住想哭。

他说：“诗写得不太顺利。”

他没有看我，而是望着窗外的椰子树喃喃自语，仿佛我并不存在。“二十岁的时候，我感觉浑身都是力量。”就在这时，就在眼前，我发现他的面容变得越来越苍老而疲倦。他说：“可那……那是很久以前的事了。”

然后，我感觉到一阵刺痛，就像被我妈抽了一记耳光。我能在他脸上清楚地看见它，任何人都能看见。死神已爬上他那布满皱纹的脸。

他看着我，见我泪水盈眶，于是坐了起来。

他说：“过来！”我走过去坐在他膝头。

他凝视着我的眼睛，说：“哦，你也能看见它了，我就知道你有诗人的眼睛。”

他看起来没有一点悲伤，而这却使我再也忍不住，大声哭了出来。

他把我搂进他单薄的胸膛里，说：“你想听我给你讲个好玩的故事吗？”他对我微笑，想让我振作起来。

可我什么也说不出来。

他说：“当我讲完这个故事后，我要你保证你会离开，再也不要回来看我。你能保证吗？”

我点点头。

他说：“好。那么听着。我曾经给你讲了那个男诗人和女诗人的故事，你还记得吗？那不是真的，是我编造的。所有什么写诗和世界上最伟大的诗作，也都是假的。这是不是你听到的最好玩的故事呀？”

但他的声音中断了。

我离开了那所房子，哭着跑回家，像个诗人一样，看到什么都想哭。

一年以后，我又沿着阿尔贝托街走，却没再看到诗人房子的丝毫踪迹。它没有消失，但与消失没什么区别。它被推倒了，被一栋两层的大楼取代。芒果树、李子树、椰子树都被砍去了，有的只是砖块和水泥。

就好像B. 华兹华斯先生从未出现过。

懦夫

“大脚”比佛长得真大、真黑，米格尔街上人人都怕他。倒不是他的大个头黑皮肤让人害怕，周围比他更黑更大个的人也不是没有。大家怕他是因为他很少说话，总是绷着个脸，阴沉沉的。他看上去很危险，和那些从来不叫却总是斜眼盯着你的狗一样可怕。

哈特常说：“他不和我们说话只不过是在装腔作势罢了。他不说话是因为他没话可说，就这么回事。”

可是到了赛马场和板球场上，你又能听到哈特这么对别人说：“我和比佛吗？我们可是知心朋友，伙计，要知道我们俩是一起长大的。”

在学校，我也常对别人说：“比佛就住在我家那条街上。你听着，我和他可好可好了，要是你们当中有哪个敢碰我，我就去告诉比佛。”

其实，当时我连一个字都没跟比佛说过。

我们米格尔街上的人说起他都很得意，因为他在西班牙港多少算个人物，名气挺大。有一回比佛朝特立尼达广播大楼扔了块石头，打碎了一扇窗户。这种事也只有比佛敢做。后来法官问他这么做的动机时，他竟说："为了叫醒他们。"

一位好心人为他交了罚款。

有一阵子，他找了份开公共汽车的差事。一次，把车子开到城外五英里远的卡来纳吉后，他叫所有乘客下车洗澡，自己站在一旁看笑话。

之后他又找了份邮递员的差使，老是投错信。有一回，有人在码头附近发现他拿着半包邮件，在帕里亚湾里泡他的那双大脚。

他还说："伙计，你说得倒轻巧，你去跑东跑西地送信看看，这活累着呢。"

特立尼达的人都觉得比佛很滑稽，而我们这些熟悉他的人却不这么想。

"钢铁帮"的名声就是被比佛这样的人搞臭的。比佛总想挑起和其他帮派的群架，可块头大样子凶的他，自己从来不参与打架。那么一来，每次他蹲监狱都不超过三个月。

哈特最怕比佛了，他常说："怎么比佛就不死在监狱里呢？"

你可能会以为，到了狂欢节，比佛在街上敲着盘子、跳着舞时至少会笑一笑，脸色会好看些，那么你想错了。越是这种时候，他的脸绷得越紧，脸色越难看。他敲盘子时的那股认真劲儿会让你觉得他是在做一件神圣的事情。

一天，我们一大帮人，包括哈特、爱德华、埃多斯、博伊、埃罗尔和我，一起去看电影。我们坐成一行，边看边说笑，十分开心。

突然，后面有人轻声说道：“住嘴！”

我们回头一看，是比佛。

他慢慢从裤子口袋里抽出一把刀，从刀鞘拔出来后，把它插在了我的椅背上。

他看着银幕，用友好但令人害怕的语气说：“说吧！”

直到电影结束我们都没吭一声。

事后哈特说：“只有警察的儿子才敢这么做。只有警察的儿子，还有神父的儿子。”

博伊说：“你是说，比佛是神父的儿子？”

哈特说：“你真笨，神父怎么会有孩子。”

我们从哈特那里听了不少关于比佛父亲的事情，感觉他和比佛一样可怕。有时候，我和博伊、埃罗尔谈到挨打的经历时，博伊总说：“我们挨的打算什么，比佛被他爸爸打起来那才叫惨呢。他长这么大就是被打出来的。那天我在大草原碰到一个贝尔蒙特来的小男孩，他对我说挨打确实能帮助长高呢。”

埃罗尔说：“你真他妈的笨，伙计。这种蠢话你怎么都信！”

有一次哈特说：“比佛的爸爸是个警察，他每天都要揍比佛，就像给他吃药一样，每天三顿，饭后必揍。知道比佛怎么说吗？他常说，‘等我长大后有了孩子，我也揍他们，往死里揍。’”

其实我母亲打我时我也常有这种想法，只是觉得难为情，没有说出来。

我问哈特：“比佛的妈妈呢？也经常打他吗？”

哈特说：“哦，天哪！那不是要了他的命嘛！比佛没有妈妈。他爸爸没结过婚，谢天谢地。”

有一阵，西班牙港满城都是美国人，特别热闹。孩子们不久就发觉这些美国人既随和又慷慨。哈特做起了小生意。他让我们五个小孩到处去讨口香糖和巧克力。我们每给他一包口香糖，他就给我们一分钱。最多的时候我一天能挣十二分。后来有个男孩告诉我，哈特拿着我们给他的口香糖转手卖给别人，每包要六分钱。可我不相信。

一天下午，我站在家门口的人行道上，看见一个美国兵从街那头走来。当时大约两点钟，天很热，街上几乎空无一人。

我突然奔上去问："大兵，有口香糖吗？"那美国兵吓了一大跳。

他咕哝了一句，好像是骂我"小叫花子"。我想他要扇我个耳光了。他长得不算高大，可我还是怕他。我猜他喝醉了。

他朝我龇牙咧嘴。

突然传来一个粗哑的声音："喂，别碰那小家伙，听见没有。"

原来是比佛。

就这么一句话，那个美国佬一下子服软了，扭头就走，还竭力装出一副不慌不忙的样子。

比佛连看都没看我。

打那以后我再没问过："大兵，有口香糖吗？"

这件事非但没使我喜欢上比佛，我想我反而更怕他了。

后来我把那桩美国佬与比佛的事情告诉了哈特。

哈特说："美国人不是个个都那样。你总不能因为这就放弃每天挣十二分钱的机会吧！"

不过我还是决定不去乞讨了。

我说："要不是比佛来得及时，那家伙准会杀了我。"

哈特说："你知道，好在比佛的爸爸在比佛长大前就死了。"

我问："他爸爸怎么了？"

哈特说："你没听说过？这事可轰动呢。一九三七年，有一帮黑人在油田闹事，把他打死了。比佛的爸爸就像比佛现在这样，总爱充英雄。"

我说："哈特，你为什么这么不喜欢比佛呢？"

哈特说："我倒说不上不喜欢他。"

我说："那你为什么这么怕他呢？"

哈特说："你不也很怕他吗？"

我点了点头："但我总觉得你对他做了什么事，所以你很担心。"

哈特说："其实也没做什么，只是闹着玩罢了。以前我们这帮小兄弟还经常教训比佛呢。他小时候长得瘦极了，我们总追着他到处跑，真是相当好玩。他根本就跑不动。"

我挺同情比佛的。

我说："这有什么好玩的？"

哈特说："你往下听就是了。你猜后来怎么着？比佛成了我们当中跑得最快的人。学校运动会上他跑一百码的成绩是十秒四。他们是这么说的，不过你也知道特立尼达人都不善于计时。不管怎样，打那以后我们都很想和他交朋友，可他根本不理我们。"

我不明白比佛为什么不揍哈特和那帮小时候欺负过他的人。

但我还是不喜欢比佛。

比佛做过一阵子木匠，其实只是做了两三个硕大无比的衣柜，又粗糙又难看，可居然都卖了出去。后来他又成了泥瓦匠。特立尼达的手艺人中没有一个叫得响的，没有一个是行家。

有一天他来我们院子里干活。

我站在一旁看着他。我没有对他说话，他也没有和我说什么。我注意到他把脚当泥刀使，还咕哝说："这活儿真累，老是得弯着腰。"

他做那活儿很在行，那大脚干什么都够用。

下午四点左右，他总算干完了活儿，这才和我聊了几句。

他说："小家伙，我们出去走走吧！我太热了，想凉快凉快。"

我并不想去，但又觉得不去不行。

我们一起走到码头附近的海堤，在那儿观海。不久天就黑了，码头上灯光闪烁，世界显得很大，很黑，也很宁静。我们站在那里，都不作声。

离我们不远的地方猛地传来一声尖叫，打破了黑夜的寂静。

这突如其来的奇怪叫声差点没把我吓死。

原来是只狗，身上有黑白花纹，耷拉着两扇大耳朵。它身上湿淋淋的，直往下滴水，不停地朝我们摇着尾巴示好。

我说："过来，小家伙。"那狗抖了一下身子，将水溅到了我的身上，然后一下子扑到我的怀里，又叫又踢。

我一直没有注意比佛，等抬头找他时，发现他已跑出了二十码远。

我喊了一声："没事的，比佛。"

不过在听到我叫他之前，他已经停下了脚步。

他高声喊道："噢，天哪，我要死了，我要死了，我的脚被一个大瓶子划破了！"

我和狗朝他跑了过去。

等那狗跑到他身边时，他好像忘了脚上还流着血。他抱住那只湿淋淋的狗，抚摸着它，高兴地笑了起来。

他的脚伤得很厉害。第二天我见他脚上缠了绷带。我们院子里的活儿他也不能来完成了。

从那以后，我觉得我比米格尔街上的其他任何人都更了解比佛，我总担心自己是不是了解得太多了。我觉得自己就像黑帮片中的一个小喽啰，因为知情太多最终遭杀身之祸。

从那以后我总是能感觉到比佛知道我在想什么。我觉得他担心我会说出去。

然而，尽管我随时都要脱口爆出比佛的秘密，我对谁也没说过。我很想让他放心，可总是没有机会讲。

他在街上一天，我就一天得不到安宁。我能做的就是阻止自己对哈特说："我不怕比佛，我不懂你为什么这么怕他。"

有一次，我和埃罗尔、博伊坐在人行道上谈论战事。

埃罗尔说："如果他们选安东尼·艾登[1]大人当首相，我们就能打败德国人，狠狠地教训他们一下。"

博伊说："艾登大人有这么大能耐吗？"

埃罗尔只是哈了一声，很不屑的样子。

我说："是的，我一直认为只要选安东尼·艾登大人当首相，战争就能很快结束。"

博伊说："你们这帮人太不了解德国人了。德国人强着呢。一个小兄弟告诉我，德国人可是用牙齿就能咬断铁钉。"

埃罗尔说："但现在有美国人站在我们这边。"

博伊说："可他们没有德国人那么强大。所有德国人都像比佛一样又高又壮，你们知道，他们比比佛还勇敢。"

埃罗尔说："嘘！瞧，他来了。"

比佛离我们很近。我觉得他已经听到了我们的谈话。他用怀疑的眼神看着我。

博伊说："你为什么嘘我？我又没说什么坏话，我不过说了一句德国人像比佛一样勇敢而已嘛。"

我瞥了一眼比佛，只见他眼里闪过一丝乞求的神色。我移开了目光。

---

①安东尼·艾登（1897–1977），英国政治家，二战期间担任外务大臣，1955年接替丘吉尔出任英国首相。

比佛走远后，埃罗尔说："伙计，你和比佛之间好像有点儿什么。"

一天下午，哈特在读晨报，突然对我们喊道："伙计们，瞧我在这儿读到了什么？"

我们问："又出了什么事？"

哈特说："是比佛。"

博伊说："什么？是不是又把他关进了监狱？"

哈特说："比佛学打拳了。"

我知道他为什么要学打拳，但我不愿说。

哈特说："他非被打趴下不可。他要是以为拳击就像摔跤一样，那他就会发现自己大错特错了。"

很多家报纸对这件事作了大肆渲染，最有趣的标题是"小丑成了拳击手"。

以后再看到比佛，我觉得我能正眼盯着他看了。

现在我不再怕他，而是为他担惊受怕了。

其实我大可不必这样。比佛很快获得了被体育记者称道的"巨大成功"。他击败了一个又一个拳击手，米格尔街上的人不仅更怕他，也更以他为傲了。

哈特说："这不过是因为他打的都是些没用的无名小辈，他还没碰到真正的高手呢。"

比佛好像又把我给忘了。我们见面时，他不再看我，也不再停下来和我说话。

他成了米格尔街上令人不安的人物。我和别的人一样怕他。比起以前，我倒愿意如此。

他甚至更爱装腔作势了。

我们常见他穿着一条式样很蠢的栗色短裤在米格尔街上跑来跑去，一副目中无人的神色。

哈特吓坏了。

他说："他们不该让坐过牢的人去打拳击。"

一天，一个英国人来到特立尼达，当地的报纸采访了他。那人声称自己是拳击手，曾获皇家空军拳击赛的冠军。他的照片上了第二天的晨报。

两天后，报上又登出了一张他的照片。这一次他只穿了一条黑短裤，戴着拳击手套，对着摄影师摆出一副打拳的架势。

标题是：谁敢向此人挑战？

特立尼达人回答道："比佛敢向这人挑战。"

大伙儿知道比佛同意接受挑战时真是欣喜若狂。米格尔街成了新闻的热点，连哈特都十分高兴。

哈特说："我知道这么说很蠢，但我还是希望比佛能打败他。"于是他在米格尔街上到处同那些有闲钱的人打赌。

那天晚上我们都到体育馆助威去了。

哈特跑前跑后，忙得不亦乐乎，手里挥动着一张二十元的钞票，喊道："二十比五，比佛肯定能打败他。"

我出六分钱与博伊打赌，赌比佛会输。

事实上，比佛出场走到拳击台上，旁若无人地跳来跳去时，我们看着都很兴奋。

哈特喊道："是个男人。"

比赛惨不忍睹，我没敢多看。我一直在注意人群中唯一的一个女人。她是美国人，要不就是加拿大人，自始至终嚼着花生。她是个标准的金发女郎，头发像稻草一样黄。每当一拳打下去，人群欢呼时，她就抿一下嘴唇，好像那一拳是她打出去的，接着又恶狠狠地嚼起花生。那女人既不叫喊，也不站起来，更不挥手什么的。我讨厌她。

场内呼喊声此起彼伏，而且音量越来越大。

我听见哈特喊道："加油，比佛，使劲打，使劲打呀，伙计。"然后是声嘶力竭地大叫："想一想你爸！"

可哈特的叫喊声渐渐弱下去了。

比佛输了比赛，输在了比分上。

哈特在五分钟内输掉了将近一百元。

他说："这下我得卖掉那头棕白色的牛了，就是我从乔治那儿买来的那头。"

爱德华说："这是天意。"

博伊对我说："我明天再把欠你的六分钱还你。"

我说："明天给？你把我当成什么人啦？百万富翁？嘿，伙计，快把钱给我，现在就给，听见没有？"

他只好给了钱。

这时观众席发出一阵又一阵的笑声。

我朝拳击台上看去。

比佛哭了。就像个孩子，越哭声音越大，听起来也越发伤心。

我一直为比佛深藏着的秘密现在终于大白于天下了。

哈特说："什么，哭了？"然后大笑起来。

他似乎把牛的事儿全给忘了，说道："哎，瞧这家伙呀，嘿！"

米格尔街的人都在取笑比佛。

只有我除外。我了解他，尽管他是大人，我是孩子。我真后悔，当初不该和博伊打那六分钱的赌。

第二天，报纸写道：拳击手泪洒擂台。

特立尼达人认为，比佛这个小丑又做了一件可笑的事情。

可我们并不这么想。

后来，比佛离开了米格尔街。我最后一次听到人提起他，是说他在拉芬蒂勒的一个采石场做工。

大约六个月之后，特立尼达流传起一件丑闻，这使大家觉得自己被愚弄了。

原来那个自称皇家空军拳击赛冠军的人根本就没参加过皇家空军，也不是什么有名的拳击手。

哈特听后说道："在我们这个地方，这又有什么好大惊小怪的呢？"

花炮师

外人开车经过米格尔街肯定只会说："贫民窟！"因为他看不见别的。但是我们这些生活在这儿的人却把它看作一个大千世界，每个人都与众不同：曼曼是个疯子，乔治是个笨蛋，比佛是个懦夫，哈特是个冒险家，波普是个哲学家，而摩根则是我们的小丑。

至少那时我们是这么看他的。但过了若干年再回过头去看，我觉得他本应得到更多的尊敬。当然了，这是他自己的不是。他总爱故意出丑，没人笑他，他就不舒服，他整天都在琢磨一些新招，希望博我们一笑。他是那么一种人：一旦他发明了诸如把一根火柴放进嘴里然后又用香烟把它点着的玩笑，一旦做了一次，他就会一遍一遍没完没了地做下去。

哈特总说："真无聊透了，明明我们都知道那家伙根本就没有那么开心，他还老想显得自己多有趣。"

我觉得有时摩根也知道他的玩笑不怎么成功，他会因此特别沮丧，我们就会觉得挺对不起他。

摩根是我这辈子碰到的第一个艺术家。他几乎每时每刻都在追求美，即使扮演小丑时也不例外。摩根会做花炮。他特别喜欢花炮，谈起花炮来总是一套一套的，什么“太空舞”“生命之舞”。不过这都是米格尔街上的人闻所未闻的话题。摩根看出这一点之后，就越发爱用更大的词来寻我们开心。这篇文章的标题就是我从摩根那儿学来的大词。

但是在特立尼达很少有人使用摩根的花炮。每逢岛上重大的节日——赛马节、狂欢节、哥伦布发现美洲纪念日和印度人抵达日周年纪念，其他人用朗姆酒以及音乐与漂亮女人在海边狂欢时，摩根总是气得发疯。

摩根常去大草原公园观察对手们做的花炮，听到那些花炮在天空噼啪作响引得人群一片欢呼时，他就会怒气冲冲地跑回家把自己的孩子们都揍一通。他有十个孩子。他妻子太高大了，他揍不了。

每逢这时哈特总要说：“我们最好快把消防队请来。”

因为过不了两三个小时，摩根就会在后院里傻乎乎地走来走去，然后拼命放花炮，这个时候我们总会听到他妻子在一旁喊：“摩根，别干蠢事了。你有十个孩子，还有老婆，你现在可不能死啊！”

摩根就会像头公牛一样咆哮起来，照着马口铁栅栏就是一阵猛打。

他嚷道：“所有人都想打败我。所有人。”

哈特说：“听着，这才是摩根的心里话呢。”

摩根经常这样发作，搞得大家都很怕他。每当这个时候，他都会产生一个念头，就是巴库要来打他。巴库是我叔叔，他是个机械天才。每到晚上十一点左右，这念头就好像要在摩根的脑袋里炸开似的。

他会踢打着栅栏大喊：“巴库，你这个大肚皮饭桶，狗娘养的，有种出来打一架。”

巴库却只是趴在床上用低沉悦耳的声音读着《罗摩衍那》。

巴库身材魁梧。摩根长得瘦小，他的手和手腕是米格尔街上最小、最细的。

巴库太太会说：“摩根，你为什么就不能闭上嘴去睡觉？”

摩根太太回答道：“嘿，你这个小脚女人！听着，你最好别来管我男人。你怎么不管好你家那口子？”

巴库太太说：“你嘴巴放干净点。要不别怪我过去抽你两巴掌，听见没有？”

巴库太太身高四英尺，宽三英尺，厚度也有三英尺。摩根太太身高六英尺出头，块头像个举重的。

摩根太太说：“你干吗不让你那个大肚皮老公去多修些汽车，别再哼呀唱的念那些该死的东西？”

这时，摩根就会跑到人行道上，装腔作势地哈哈笑着对我们说：“听听呀，听听这些娘们儿！”他从屁股后面的口袋里取出一个小酒瓶喝几口朗姆酒，又说：“快来看呀！你们听过那首小调吗？

> 他们越是对我使坏，
> 我在特立尼达就越是活得自在。

我就是这么觉得的。明年这个时候，我要让英国国王和美国国王付我几百万给他们做花炮，谁都没见过的最漂亮的花炮。”

哈特或其他什么人就会问：“你要为他们做花炮？”

摩根说：“做什么？做个屁。明年这个时候，我要让英国国王和美国国王付我几百万给他们做花炮，谁都没见过的最漂亮的花炮。”

这时，巴库太太会在院子后面说：“他有大肚皮。你那口子有什么？我可说不准明年这个时候他能有什么。”

第二天早上摩根又像往常一样清醒了，开始谈起了他的试验。

这个摩根与其说是人，还不如说像鸟。这倒不仅仅是因为他瘦得像根火柴棍，而是因为他的脖子很长，能像鸟脖子那样灵活转动。他的眼睛很亮，而且永远转个不停。他说话时头总是一点一点的，好像不是在吐字说话，而是在啄谷粒。他走起路来又轻又快，而且不住地回头望，生怕有人在追他似的。

哈特说：“你们知道他为什么会这样吗？都是他老婆害的。他太怕她了。西班牙女人性子可火暴了。”

博伊说：“你是说，他是因为这个才想做花炮的？”

哈特说：“人是很滑稽的。你永远不能了解他们。”

摩根甚至拿自己的样子开玩笑，见到有人看他，他就又伸胳膊又蹬腿。

摩根还爱拿他妻子和十个孩子开玩笑。“真是奇迹，”他说，“我这样的男人居然会有十个孩子。我都不知道是怎么搞的。”

爱德华说：“你怎么就肯定他们是你的孩子呢？”

摩根笑道：“我也在怀疑呢。”

哈特不喜欢摩根。他说：“我也说不清楚，不过他身上就是有些东西让我受不了。我总觉得他做事太过火，总觉得这家伙没有一句真话。我怀疑他甚至对自己也撒谎。”

我想当时我们没有人理解哈特这番话的意思。摩根变得更加讨人厌了，我们见到他很难笑得出来，而笑声却是他需要的。

摩根的花炮试验还在继续，偶尔我们也能从他家听到一两声爆炸声，看到升腾起的彩色火焰。这是我们街上一项经久不衰的娱乐。

但是随着时间的推移，摩根发现没人愿买他的花炮，于是拿它们开起了玩笑。他不满足于家里有爆炸声时街上传出的笑声。

哈特说：“一个人开始嘲笑自己一直在奋斗的东西，真不知道是该笑还是该哭。”哈特断定摩根就是个傻子。

我猜是哈特的缘故，我们都决定不再嘲笑摩根了。

哈特说：“他早晚会停止那套装疯卖傻的把戏的。”

但事实并非如此。

摩根疯得越发厉害了，一个星期里两三次要找巴库打架。打孩子也比以前更频繁了。

为了让我们发笑，他使出了最后一招。

这事我是从摩根的四儿子克里斯那儿听说的。我们当时在米格尔街拐角处的那家咖啡馆里。

克里斯说：“你知道，和你讲话是犯罪。”

我说：“那就别和我说话了。又是因为那个老家伙吗？”

克里斯点点头，拿出一张纸，上面的标题是“罪与罚”。

他得意地说：“看到了吧！”

这是一张很长的单子，开头是这样的：

要是打架　1）在家　五鞭

　　　　　2）在街上　七鞭

　　　　　3）在学校　八鞭

克里斯看着我，面带愁容地说："这很滑稽是不是？居然拿打人开起玩笑来了。"

我附和了一声，然后问道："但是你刚才说和我讲话是犯罪，这上面怎么没有写？"

克里斯指给我看：

和街上的小痞子讲话　四鞭

和街上的小痞子鬼混　八鞭

我说："你爸自己不介意和我们说话，怎么换成你们就错了？"

克里斯说："这可不是闹着玩的。星期天你来看看就知道是怎么回事了。"

我能看出克里斯非常高兴。

星期天我们去了六个人。摩根迎接了我们，把我们领进了他的客厅，然后就走了。那儿有许多椅子和凳子，好像要开音乐会似的。摩根的大儿子站在角落的一张小桌前。

突然这家伙说了一声："起立！"

我们都站了起来，摩根出现了，朝大家微笑。

我问哈特："他为什么要笑呢？"

哈特说："法官走进法庭时都要这么笑。"

摩根的大儿子喊道："安德鲁·摩根！"

安德鲁·摩根走过来站在父亲面前。

老大高声宣读道："安德鲁·摩根，你被指控犯有用石头砸多萝西小姐家院子里的罗望果树的罪行；你被指控犯有为买弹珠而从别人身上拽走三颗纽扣的罪行；你被指控犯有殴打多萝西·摩根的罪行；你还被指控犯有偷窃两块香糕和三块蛋糕的罪行。你认罪吗？"

安德鲁说："认罪。"

摩根在一张纸上草草地写了两笔，然后抬起头来。

"你有什么要说的吗？"

安德鲁说："我很抱歉，先生。"

摩根说："我们得依法办事。罚十二鞭。"

就这样，摩根对他的孩子逐一进行了审判，就连老大也不例外。

接着摩根站起身来说："上述宣判将在今天下午执行。"

他冲着大家微笑，然后离开了房间。

这个玩笑非但没有奏效，而且适得其反。

哈特说："哪有拿自己和自己的孩子开这种玩笑的，还要让整条街的人来看热闹。没有这么干的，没有。"

我觉得这玩笑确实有点过火，让人惧怕。

那天晚上摩根走在人行道上时满脸笑容，可他并没有得到期待的笑声。没有人跑过去拍他的后背说："摩根这家伙真疯了。你们听说他这些天是怎么打孩子的吗……"没人说这样的话，没一个人和他说一句话。

这对他显然是个打击。

那天晚上摩根喝得烂醉，到处找人打架。他甚至还和我过不去。

摩根太太把前门锁上了，摩根只好在院子里跑来跑去。他就像一头发了疯的公牛，对着栅栏又是吼又是撞。他反复念叨："你们这帮人认为我不是条汉子吗？告诉你们，我爸生了八个孩子。我是他儿子，我生了十个。你们全加在一起也不及我一个。"

哈特说："他很快就会哭一阵，然后去睡觉。"

可是那天晚上我却很长时间都难以入睡，我一直在想摩根的事，觉得他挺可怜的，因为他肯定被一个小恶魔附身了。我认为这正是他出毛病的根源。我想象有一个红头发、龇牙咧嘴的小鬼正在他肚子里用叉子戳他。

摩根太太带着孩子们到乡下去了。

摩根也不到人行道上找我们玩了。他在忙着搞试验。一连串的小爆炸和烟雾又出现了。

除此之外，米格尔街头一片宁静。

摩根很少露脸了，我猜不出他又在搞什么名堂。

接下来那个周日下起了倾盆大雨，大家都被迫早早上床睡觉。

街面上很潮湿，闪着水光，十一点时外面寂静无声，只有雨滴打在波纹铁皮屋顶上发出的滴滴答答的响声。

一声短促的尖叫划破了整条街的宁静，把我们都吵醒了。

我听见了一阵开窗的声音，还听见大家说："出了什么事？出了什么事？"

"是摩根。是摩根。摩根出事了。"

还没等别人反应过来，我已经冲到了街上，来到摩根家门口。我睡觉从来不换睡衣。我不属于那个阶层。

我在摩根家漆黑一团的院子里最先看见的，是一个女人匆匆从屋里跑向后院大门的身影。那扇门的外面有条下水道，由米格尔街一直通到阿方索街。

雨渐渐小了，没过多久我身边就站满了人。

一切都显得有点神秘——那叫声，那个消失的女人，以及那座黑洞洞的房子。

接着我们听见摩根太太的叫嚷："特雷莎·布莱克，特雷莎·布莱克！你和我的男人在干什么？"声音里带着巨大的痛苦。

巴库太太就站在我的身边。"我早就知道这个特雷莎了，只不过没说罢了。"

巴库说："你什么都知道，就像你妈。"

房间里一盏灯亮了。

接着灯又灭了。

我们听见摩根太太说道："你干吗怕开灯？你不是男人吗？把灯打开，让大家都来看看你这个大男人。"

灯打开了，接着又灭了。

我们听见摩根的声音，但太低了，听不清在说些什么。

摩根太太说："好啊，英雄。"灯又打开了。

我们听见摩根又在咕哝。

摩根太太说："不行，英雄！"

灯灭了，然后又亮了。

摩根太太说："把灯打开。来呀，让整条街的人都来看看你这个大英雄吧！来呀，让大家都来看看男人是个什么东西吧！你不是孬种，你是个多么了不起的男人。你不但和我生了十个孩子，你还要和别人再生几个。"

我们听到摩根苦苦哀求的声音。

摩根太太说："你在怕什么呀？你不是总爱逗人笑吗？你不是个小丑吗？来呀，让大家都来见识见识你这个小丑，你这个大男人吧！让大家都来瞧瞧男人是个什么东西吧！"

这时摩根哭号着，想要说些什么。

摩根太太说："你要是再把灯关了，我就像掰火柴棍一样掰断你那根细小的尾巴，你听好了。"

接着前门被用力打开了，我们看见了一切。

摩根太太正拦腰抱着摩根。他几乎一丝不挂，身子瘦骨嶙峋，就像个长着老头面孔的孩子。他没在看我们，而是看着摩根太太的脸。他在她怀里拼命挣扎，想挣脱出去。但摩根太太是个强壮的女人。

摩根太太也没有看我们，而是看着她怀里的男人。

她说道："这就是我的那个大男人吗？这就是我嫁的男人，我伺候了一辈子的男人吗？"接着她大笑起来，声音沙哑又难听。

她看了我们一会儿，接着说："好了，你们笑吧。他不会在乎的。他不就是希望人笑话他吗。”

一个瘦男人被一个壮女人如此轻而易举地提在半空，这场面确实很滑稽，我们也确实笑了。开始只是暗暗发笑，接着爆发为捧腹大笑了。

摩根到米格尔街后，还是第一次真正被大家笑呢。

可这彻底击垮了他。

第二天，我们都等在人行道上，准备用笑声迎接他出来。但一整天我们都没有看到他。

哈特说：“小时候，我妈常对我说，‘孩子，你笑了一整天了，你晚上保准会哭的。’”

那天夜里我又被吵醒了，是被叫声和警报声吵醒的。

我朝窗外望去，只见外面天是红的，红烟滚滚。

摩根家失火了。

好一场大火！报社的摄影记者纷纷爬进隔壁人家抓拍，引得好多人围观他们，而不去看大火。第二天晨报上刊登了一幅第一流的照片，照片右上角的人群里还有我的身影。

那天晚上的火真大啊！这是西班牙港自一九三三年国库被烧毁以后最漂亮的一场火，当时还有一首小调唱道：

那辉煌灿烂、美丽壮观的场面，
正是国库被毁的情景。

这场火之所以如此美丽，是因为摩根的花炮全被燃响了。就是在这场大火中，人们才第一次领略了摩根花炮的魅力。以前常嘲笑摩根的人现在都觉得有点对不起他。我后来去了许多国家，但再没见过什么花炮秀能胜过那天晚上摩根家的那场。

只是摩根再也不做花炮了。

哈特说："小时候，我母亲常对我说，'男人想要什么，真的很想要什么时，他就会拼命去争取，可一旦得到了，就不喜欢它了。'"

摩根的两个志向都实现了。人们笑话了他，现在仍在笑话他。他制造了世界上最美丽的花炮。不过正像哈特所说的，当一个男人得到了他渴望已久的东西，也就不再喜欢它了。

我们预料得没错，这事果真闹上了法庭。摩根被指控犯有纵火罪。记者纷纷拿摩根大开玩笑，当然了，是在法律许可的范围内。我记得有一个标题是：花炮师被指控为纵火狂。

但令我高兴的是摩根没有被判刑。

有人说摩根后来去了委内瑞拉。也有人说他疯了。还有人说他在哥伦比亚做了赛马场的职业骑师。总之，众说纷纭。不过米格尔街的人总爱编造传奇。

泰特斯·霍伊特，中级文学学士

这个男人生来就注定是国内地方街道委员会活跃而重要的成员。是残酷的命运将他安排到了这个城市。他是天生的导游，哲学家，可以和任何驻足聆听他的人做朋友。

战前一两年，我来到西班牙港后，遇到的第一个男人就是泰特斯·霍伊特。

父亲去世后，母亲把我从查瓜纳斯镇接过来，我们乘坐火车再换汽车来到米格尔街。那是我平生第一次乘坐城里的公共汽车。

我对母亲说："妈，你看，他们忘了摁铃了。"

母亲说："该死的你要是敢摁铃，就给我下车走回家去，听见了吗？"

过了一会儿，我说："妈，你看，大海！"

汽车里的人大笑。

母亲简直怒不可遏。

第二天一早，母亲对我说："现在给我好好听着，我给你四分钱，你去米格尔街街角的那家商店买两块一分钱一块的面包，再买一分钱的黄油，然后赶快回来。”

我找到那家店，买了面包和黄油，就是那种红色的、有点咸的黄油。

然后，我找不着回家的路了。

我发现大约有六条叫米格尔的街，但似乎没有一条上有我家那样的房子。我来来回回走了半天，还是没有找到，我开始大哭。我坐在人行道上，鞋子也让沟里的水弄湿了。

我身后的院子里有几个姑娘正在玩，我看见她们后还是不停地哭，一个穿粉红外衣的女孩走过来问：“你为什么哭？”

我说：“我迷路了。”

她把两手放我肩上说：“别哭，你知道你住哪儿吗？”

我从衬衣口袋里抽出一张纸条给她。这时，一个男人走了过来。他身穿白色短裤和白衬衫，样子有些滑稽。

他问：“他为什么哭？”声音粗哑，但语调很有趣。

那女孩告诉了他。

他说：“我带他回家吧。”

我让那女孩也一块儿走。

他说：“对，你最好向他母亲解释一下。”

那女孩说：“好吧，泰特斯·霍伊特先生。”

那是我刚认识泰特斯·霍伊特那会儿发现的最有趣的事之一。那女孩称呼他为“泰特斯·霍伊特先生”，不是泰特斯，也不是霍伊特先生，而是泰特斯·霍伊特先生。后来我才发现每个认识他的人都这么叫他。

我们到了家，那女孩向我母亲解释了情况，我母亲为我感到难为情。

然后那女孩离开了。

泰特斯·霍伊特先生看着我，说：“他看起来像个挺聪明的孩子。”

母亲用嘲讽的口气说：“像他父亲。”

泰特斯·霍伊特说：“喂，年轻人，如果买一条半鲱鱼要花一分半，那买三条鲱鱼需要多少钱？”

即使在乡下，在查瓜纳斯，我们都知道答案。

我脱口而出：“三分。”

泰特斯·霍伊特吃惊地打量着我。

他告诉我母亲：“这个孩子聪明伶俐，太太，您应该多费点心，送他去一所好学校，给他吃好的，好让他好好学习。”

我母亲沉默不语。

泰特斯·霍伊特离开时还说：“保重！”

这是有关他的第二件趣事。

母亲狠狠地揍了我一顿，还说揍我不是因为我迷了路，而是因为我在阴沟里弄湿了鞋。

那天事后，我便绕着院子，用我自己的调子边跑边说：“保重！保重！”

那天晚上，泰特斯·霍伊特又来了。

母亲没怎么理会他。

泰特斯·霍伊特问我：“你识字吗？”

我说识。

“写呢？”

我说可以。

“好，这样吧，”他说，“拿些纸和笔来，我说你写。”

我说：“纸和笔？”

他点点头。

我跑到厨房说：“妈，你有纸和笔吗？”

母亲说：“你以为我是什么？开小店的吗？”

泰特斯·霍伊特大声说道：“是我要的，太太。”

母亲不情愿地应道：“哦。”

她说：“在我衣柜最底下的抽屉里有个钱包，那里面有支笔。”

她又从厨房的架子上拿给我一本抄写本。

泰特斯·霍伊特先生说：“现在，小伙子，写吧。把这个房子的地址写在右上角，下面写上日期。”然后他问：“你知道我们要把这封信写给谁吗，孩子？”

我摇摇头。

他说：“哈，孩子！哈！我们写给《卫报》，孩子。”

我说：“是《特立尼达卫报》吗？那份报纸？什么，我写给《卫报》！可只有非常了不起的大人物才能给《卫报》写信。”

泰特斯·霍伊特微笑着说：“所以才让你写，要让他们吃一惊。”

我说：“我给他们写什么呢？”

他说：“你现在写。就写，‘致《特立尼达卫报》编辑。亲爱的先生，我只有八岁（您几岁了？不过，这不要紧），昨天我母亲让我去城里采购。亲爱的编辑，这是我第一次在这个大都市里徜徉——拼作 p-e-r-e-g-r-i-n-a-t-i-o-n，不幸的是，我偏离了母亲指给我的线路……'"

我说："哦，天哪，泰特斯·霍伊特先生，你是从哪儿学到这么多大词的？你确定这些拼写没有错吗？"

泰特斯·霍伊特笑了。"我花了一下午构思这封信。"他说。

我写道："……在这种绝望的情形之下，我被米格尔街上的一位泰特斯·霍伊特先生救了。这只能说明，亲爱的编辑，在这个世界上，善良是人类尚未泯灭的品质。"

《卫报》从未发表这封信。

当我再一次见到泰特斯·霍伊特先生时，他说："好啦，别在意。有一天，孩子，总有一天，我要让他们刮目相看，并让他们关注我说的每一个词，等着瞧吧。"

他在离开前说："你喝牛奶吗？"

他说服了我母亲让我每天喝半品脱牛奶。牛奶对大脑有好处。

我人生中最遗憾的一大事情，就是没有实现泰特斯·霍伊特对我的学业寄予的厚望。

我至今仍然对他的关心心存感激。他的观点有时候会与我母亲的发生冲突，蜘蛛网的事情就是一例。

博伊，那个我迅速结交上的朋友，正教我骑车，而我从车上摔下来，小腿胫骨受到严重损伤。

我母亲尝试用烟熏的蜘蛛网蘸朗姆酒治疗我的伤口。

泰特斯·霍伊特吓坏了。"您知道自己在干什么吗？"他嚷道。

我母亲说："泰特斯·霍伊特先生，我真诚地请求你先管好自己的事，等哪一天你有了自己的孩子，我再听你教训吧。"

泰特斯·霍伊特拒绝被奚落，他说："快带孩子去看医生。"

我看着他们争吵，不理睬对方的话。

最后我去看了医生。

泰特斯·霍伊特再次出现时有了一个新的角色。

他告诉我母亲："这两三个月，我在红十字会学习了急救课程，让我替你包扎孩子的脚吧。"

这实在让我惊恐不已。

后来有一个月左右，米格尔街的人都知道早上九点我会准时发出尖叫声。泰特斯·霍伊特喜爱这活儿。

这一切都为了解这个人的本性提供了线索。

下一步就很顺理成章了。

泰特斯·霍伊特开始教书了。

和所有伟大的事业一样，它是从小处做起的。

他决定参加伦敦大学函授课程的文学学位考试。他开始自学拉丁语，而且在学到一点后迅速教给我们。

他召集了我们三四个人，在他家的阳台上授课。他院子里养着鸡，那地方臭气熏天。

拉丁语课程没有持续多久。到第四种变格，我和博伊、埃罗尔开始提出问题，都是泰特斯·霍伊特不太喜欢的那种问题。

博伊说："泰特斯·霍伊特先生，我认为你这些全是瞎编的，你知道，你一边讲一边编。"

泰特斯·霍伊特先生回答："可我告诉你，我没有编。你瞧吧，白纸黑字写着的。"

埃罗尔说："泰特斯·霍伊特先生，我感觉是有个人坐上一天胡编乱造，然后让别的人来学。"

泰特斯·霍伊特问我："bellum 这个词的宾格单数是什么？"

我觉得自己很坏，因为我要背叛泰特斯·霍伊特了。我说："泰特斯·霍伊特先生，在你像我这么大的时候，如果有人问你这个问题，你会有什么感觉？"

然后博伊问："泰特斯·霍伊特先生，夺格是什么意思？"

因此，拉丁语课结束了。

但是，无论我们怎么嘲笑泰特斯·霍伊特，我们都不能否认他是个有学问的人。

哈特常常说："那个男人，是个思想家。"

泰特斯·霍伊特思考着各种各样的事，有时也有危险的事。

哈特说："你知道吗，我认为泰特斯·霍伊特不喜欢上帝。"

泰特斯·霍伊特会说："真正重要的是信念。瞧，我相信，如果我现在把从口袋里拿出的自行车灯安装到什么地方去，确确实实地相信它并对它祈祷，我期望的事就会成真。这就是我的信仰。"

此时他会起身离开，也不忘了说声"保重"。

他习惯冲我们说："大家安静一下。我刚才一直在思考，来听听我思考了什么。"

一天他冲过来说："我在思考这场战争该怎么结束。如果欧洲能沉陷五分钟，那么所有的德国人都会被淹死——"

埃多斯说："可英国人也会被淹死。"

泰特斯·霍伊特表示认同，他看起来很悲伤。"我疯了，"他说，

“我疯了。”

他茫然地离去，嘴里自言自语，还不停地摇着头。

一天，我们正在谈论巴巴多斯对战特立尼达的板球比赛，他骑着车来到我们跟前。局势对特立尼达不利，我们都很焦急。

泰特斯·霍伊特冲过来就说：“安静。我刚才一直在思考。瞧，孩子们，你们有没有想过，这个世界根本就不真实？你们有没有想过，我们有着世界上独一无二的大脑，而你们却在思考着别人的事情？就像我这样，有个世上无双的大脑，却在思考你们这帮人，思考战争和这些房子还有港口的船只。这一点你们想过吗？”

他从没对教书失去兴趣。

我们经常看见他随身携带着那些大部头书走过。都是关于教育的书。

泰特斯·霍伊特常常说：“伙计，这是科学。特立尼达的问题就是老师们没有科学的教学方法。”

他还说：“伙计们，世界上最伟大的事情，就是让年轻人的头脑得到训练。好好想想，想想吧。”

后来的事很快就表明，无论我们对教书这事有什么样的想法，泰特斯·霍伊特已经专心致力于训练我们的大脑了。

他组织了米格尔街文学和社会青年俱乐部，还让这个俱乐部并入特立尼达和多巴哥青年协会。

我们常常聚在他家，那里总是有各种食品和饮料。墙上挂满了名言警句，一些是打印的，一些是从杂志上剪下来贴在硬纸板上的。

我还注意到一件了不起的东西，就是“时间表”。

从中我了解到，泰特斯·霍伊特早上五点半起床，读一些希腊哲学家的书，读到六点，再花十五分钟洗澡和锻炼，花五分钟读晨报，十分钟吃早饭。总而言之，这真是令人敬畏的行为。

泰特斯·霍伊特说：“如果我遵照这个时间表，三四年内我就将成为一个有学问有修养的人。”

米格尔街俱乐部没有维持多久。

是泰特斯·霍伊特的错。

任何有正常思维的人都不会让博伊做秘书。博伊把时间光花在记录到场人的名字上了。

而且我们大家不得不进行写和读的活动。

米格尔街文学和社会青年俱乐部最终变成了电影批评家聚会的场所。

泰特斯·霍伊特说：“不行，伙计，我们不能让你们这些孩子整天谈论电影，我必须给你们找点宣传的工作。”

博伊说：“泰特斯·霍伊特先生，我们要宣传干什么？那是德国人的事。”

泰特斯·霍伊特笑了。“那不是这个词的正确含义，孩子。我的做法才是它真正的含义。孩子，是教育使我知道了这些。”

博伊作为我们的代表被派去参加青年协会的年会。

博伊回来后说：“那个青年协会糟糕透了，尽是一帮老家伙。”

可口可乐、糕点和冰激凌的吸引力渐渐消失，有一些人开始逃会了。

为了保住俱乐部，泰特斯·霍伊特做出了最后的努力。

有天他说："下周日，俱乐部将去参观乔治堡。"

反对声响成一片。

泰特斯·霍伊特说："瞧，你们这些人就是不关心祖国。你对乔治堡了解多少？你们没有一个人了解这个地方。但是，伙计们，这是历史，你们的历史，你们必须了解这样的历史。你们必须记住，今天的男孩女孩就是明天的男人女人。你们知道吗，古罗马人有句名言，叫思想健康才能身体健康，我认为我们应该去乔治堡。"

仍然没人响应。

泰特斯·霍伊特接着说："在乔治堡顶上，有一条小溪，溪水凉凉的，如水晶般清澈，我们登顶后，就可以在那儿洗澡。"

我们无法抵挡这种诱惑。

下一周的周日，我们一组人乘无轨电车去往穆库拉普。

当售票员过来收费时，泰特斯·霍伊特说："一会儿再说吧。"下车时他才付钱。所有车票钱加起来是两先令。但他只给了售票员一先令，并说："伙计，票我们不要了。"售票员和泰特斯·霍伊特都笑了。

去往山顶的路很长，红土飞扬，天气炎热。

泰特斯·霍伊特说："这座堡垒是法国人在的时候修的，当时他们准备侵略特立尼达。"

我们气喘吁吁。

我们从没意识到有人曾这么看重我们。

泰特斯·霍伊特说："那是在一八〇三年，我们正在与拿破仑打仗。"

我们看见路边有几杆破旧生锈的枪和一堆生锈的炮弹。

我问："法国人侵略了特立尼达吗，泰特斯·霍伊特先生？"

泰特斯·霍伊特失望地摇摇头说："没，法国人没有袭击，但我们做好了准备，伙计们，准备迎战他们。"

博伊说："你确定那儿有你说的小溪吗，泰特斯·霍伊特先生？"

泰特斯·霍伊特说："你把我当什么了，骗子？"

博伊说："我没说什么呀。"

我们走得都流汗了，博伊脱下了鞋子。

埃罗尔说："如果那儿没有小溪，有人就该下地狱。"

我们到达了堡顶，迅速地扫了一眼，目光落在一片坟地上，那儿竖着几块很久以前战死的英国士兵的墓碑。我们透过望远镜眺望辽阔的西班牙港，它就在我们的脚下伸展，还有远处街上的行人，他们在望远镜中和真人一样大。

接着，我们去寻找那条小溪。

我们没有找到。

泰特斯·霍伊特说："它一定在什么地方。我小时候常常来洗澡。"

博伊说："那现在它怎么了？干掉了吗？"

泰特斯·霍伊特说："看来是这样。"

博伊十分生气。这不能怪他，因为爬山上来本身就很不容易，大家都又热又渴。

他于是不留情面地侮辱起泰特斯·霍伊特来。

泰特斯·霍伊特说："记住，博伊，你是米格尔街文学和社会青年俱乐部的秘书，记住，你才刚代表我们参加过青年协会的会议。

记着点。”

博伊说：“去死吧，霍伊特。”

我们惊呆了。

因此，文学俱乐部解散了。

之后不久，泰特斯·霍伊特获得了中级文学学士学位，并创建了自己的学校。在他的花园里竖着个特大的招牌：

> 泰特斯·霍伊特，中级文学学士（伦敦大学函授教育）
> 保证获得
> 剑桥中学文凭

有一年，《卫报》想了个绝妙的主意。他们发起并成立了贫困者基金，在圣诞节期间帮助有需要的人。这个基金很受欢迎，几年后改作“最需救助者基金”。每年十一月初，《卫报》都会宣布本年度基金的目标，大家兴奋地看着基金一天天积少成多，直到圣诞前夜。关于基金的消息总占据报纸的头版，每个捐赠者的姓名也都荣登报端。

有一年的十二月中旬，这一盛事愈演愈烈时，米格尔街成了新闻。

哈特给我们看了报纸，我们读到：

向小小捐款人学习

为响应在圣诞节期间把欢乐送给不幸之人的号召，从西班牙港的米格尔街寄来了一封信函，它捐款数目最少但感人至深。寄信人是该地区一位中学校长、中级文学学士，泰特斯·霍伊特先生。写信人是校长的一位不愿透露姓名的学生。我们征得霍伊特先生的允许，将全文刊印如下：

“亲爱的霍伊特先生：我只有八岁，您肯定知道，我是《卫报》小小善联盟的成员。每周日我都会读胡安妮塔阿姨的专栏。亲爱的霍伊特先生，您总是赞誉慈善的美德，还常常提到《卫报》最需救助者基金开展的那项为不幸的人带去圣诞欢乐的美好事业。我决定响应您真诚的呼吁，我只有很少的钱——实际上是六分，但霍伊特先生，请收下吧，把它送到《卫报》最需救助者基金，也许它能给一些不幸的人送上圣诞的欢乐！我知道钱不多，但是，和寡妇一样，[①] 我愿献出自己小小的力量。霍伊特先生，我永远都是您的学生。”

报纸附有一大张泰特斯·霍伊特的照片，在闪光灯下，他睁大双眼微笑着。

①典出《马可福音》“穷寡妇的奉献”。众人投钱入银库，好些财主投了若干的钱，一个寡妇往里投了两个小钱。耶稣对门徒说，这穷寡妇比众人所投的要多，因为她把一切养生的都投上了。

母性的本能

我猜劳拉保持了一项世界纪录。

劳拉有八个孩子。

这倒没什么好奇怪的。

八个孩子有七个父亲。

这才要命！

正是劳拉给我上的第一堂生物课。她刚好住我家隔壁，所以我可以近距离地观察她。

我注意到她的肚子几个月就大了起来。

然后又有几个月见不着她。

等下次见着她时，她的肚子又平坦了。

然后，几个月内，发酵膨胀的过程会再次出现。

对我来说，这是周边世界里的一大奇迹，所以常常去观察她。她对于自己经历的事情十分乐观，常常指着肚子说："这事又发生了，可你经历了三四回就会习惯了，虽然它是件相当麻烦的事。"

她常常抱怨上帝，数落男人的丑恶。

她的前六个孩子就来自六个男人。

哈特常说："有些人是很难满足的。"

但我不愿让你们觉得劳拉把时间都花在了生孩子和勾引男人上，而且总在可怜自己。如果鲍嘉是这条街上最百无聊赖的人，那么劳拉就是最快活的。她总是那么开心，而且她很喜欢我。

每当有李子和芒果，她总会给我一些。如果她做了糖饼，我也能吃上几个。

即使我那特别讨厌嘲笑，尤其是讨厌我被嘲笑的母亲，也常常嘲笑劳拉。

她经常对我说："我不明白劳拉为什么这么喜欢你，好像她的孩子还不够她操心似的。"

我认为我母亲说得没错。像劳拉这样的女人，再怎样也不会嫌孩子多。她爱她所有的孩子，虽然你不会相信她对他们讲话是用怎样的语言。她的喊叫和谩骂都是我闻所未闻，并且终生难忘的。

哈特曾说："伙计，在用词方面，恐怕连莎士比亚都比不上她。"

劳拉常常喊："奥文，你这个大嘴畜生，给我滚过来。"

还有："加文，如果你不赶快回来，我就让你火烧屁股，听见吗？"

或者："罗娜，你这罗圈腿黑母猪，你为什么不睁眼瞧瞧你都做了些什么！"

把有八个孩子的母亲劳拉与同样有八个孩子的华裔太太玛丽相

比，可能不太公平。玛丽真的很会照顾孩子，从没有训斥过他们。但值得一提的是，玛丽的丈夫有一家小商店，玛丽有条件对孩子们和颜悦色，她会用炒杂烩菜、炒面和炒饭之类的东西喂饱他们。但劳拉找谁去要钱来养活孩子们呢？

总有些男人晚上骑着车慢悠悠地来到劳拉的屋前，吹口哨叫她。他们可不是来给孩子们送钱的，他们只想要劳拉。

我问过我母亲："劳拉靠什么生活？"

母亲扇了我一个耳光，说："小孩子家少打听，知道吗？"

我想到了最坏的方式。

但我希望那不是真的。

因此，我去问哈特。哈特说："她有不少朋友在市场上卖东西，他们常常免费给她一些。她的前三个老公也会给她点东西，但不多。"

最让人难以理解的是劳拉本人，她长得不算漂亮。正如有一天博伊说的："她那张脸像极了电动车的电瓶盖。"而且她的身材也太过丰满。

我说的是她还只有六个孩子时的情况。

哈特说："劳拉有新男人了。"

大家笑道："旧闻了。按劳拉的做法，她会与每个男人都尝试一次的。"

但哈特说："不，这次是真的。那男人现在和她同居呢。今天早上我赶牛出来时看见他了。”

我们等候着，密切留意着这个男人的出现。

后来才知道，他也在留意并等着我们的反应。

没过多久，这个男人，纳撒尼尔，就成了米格尔街我们大伙儿中的一员。但很显然，他与我们不同。他原先是西班牙港东区的，在我们看来那儿比较脏，而他的言语也确实粗俗些。

他放话说自己是东区皮卡迪利街的地痞，还讲了许多打架斗殴的事，到处宣称他曾经让两三个人破相。

哈特说：“我认为他根本就是在吹牛。”

我自己也不信任他。他是个身材矮小的人，我一向认为小个子男人更可能具备邪恶和暴力的倾向。

但他最令我们厌恶的还是他对女人的态度。并不是因为我们有骑士精神，但他对女人的轻蔑让人反感。他总是对路过的女人粗鲁地指手画脚。

纳撒尼尔总是说：“女人就像母牛，她们和母牛一模一样。”

当那个富态的理考德小姐路过时，纳撒尼尔就说：“瞧那头大母牛！”

这真让人不是滋味。我们所有人都认为，理考德小姐的肥胖不该受人取笑，而是应该得到同情。

起初，纳撒尼尔试图让我们相信他知道怎样摆布劳拉，还暗示他常打劳拉。他总说：“女人这种货就喜欢挨揍。你们听说过那首卡里普索小调吧——

不时地把她们击倒，

不时地让她们趴下，
打青她们的眼睛，踢紫她们的膝盖，
然后，她们就会永远爱你。

这绝对是关于女人的不变真理。”

哈特说：“老实说，虽然女人很古怪，但我不知道劳拉那样的女人看上了纳撒尼尔什么。”

埃多斯说：“我对女人摸得最透。我认为纳撒尼尔就是在撒谎，我猜他和劳拉在一起时，准是夹着尾巴的。”

我们常常听见从那栋房子传来打斗声和孩子的尖叫声，等到我们见着纳撒尼尔时，他总是说：“刚刚给那女人一点颜色。”

哈特说：“真是有趣，劳拉看上去一点也不伤心。”

纳撒尼尔说：“她真的只需要拳头，拳头才会让她高兴。”

纳撒尼尔当然在撒谎，出拳的并不是他，而是劳拉。有一天纳撒尼尔戴着帽子试图遮挡挨了打的眼睛时，真相终于暴露了。

埃多斯说：“看来他们编的那首卡里普索小调唱的是男人，不是女人。”

纳撒尼尔正想上前与身材瘦小的埃多斯较量一番，哈特说道：“还是去和劳拉较量吧。我了解劳拉。她不是要打残你，只是要你和她过日子。不过一旦她开始厌倦你，你最好赶紧滚，小家伙。”

我们祈祷发生点什么事情，使纳撒尼尔离开米格尔街。

哈特说：“我们用不着等多久了，劳拉怀孕八个月了，再等一个月，纳撒尼尔就得滚。”

埃多斯说：“与七个男人生下七个孩子，这会是个名副其实的纪录。”

婴儿降生了。

那是个周六，前一天晚上我还看见劳拉在院子里倚着栅栏。

婴儿是在早上八点降生的。真神奇，就在两小时后，劳拉便隔着墙喊我母亲了。

我躲了起来，偷偷张望着。

劳拉趴在窗台上，嘴里还吃着芒果，黄色的果汁沾了一脸。

她对我母亲说："婴儿今早出生了。"

我母亲只是问："是男孩还是女孩？"

劳拉说："你认为我有那种福气吗？真是很倒霉，又是一个女孩。我只想让你知道情况而已。好啦，我要进去了，还有些针线活儿要做。"

就在当天晚上，哈特的预言似乎要变为现实了。傍晚，劳拉出门来到人行道上，朝纳撒尼尔喊道："喂，纳撒尼尔，过来。"

哈特说："这是见鬼了吗？她不是今天早上才生了孩子吗？"

纳撒尼尔还想冲我们炫耀一下，对劳拉说："我忙着呢，不去。"

劳拉向前迈了一步，我看见她摆出了打架的气势。她说："你不来？不来吗？这是我听到的话吗？"

纳撒尼尔怕了，他试图与我们说话，但又很不安。

劳拉说："你以为你是个男人？你听着，别在我面前充什么男子汉。对，纳撒尼尔，我说的就是你，你那瘦屁股蛋，就像是裤裆里塞了两块烂面包。"

这是劳拉的又一句妙语。我们都忍不住大笑起来。看见我们笑，劳拉也憋不住笑了。

哈特说："这娘儿们真实在。"

但是即使孩子出生后，纳撒尼尔也没有离开米格尔街。我们都烦躁起来。

哈特说："要知道，一不留神，她就要和这个男人再生一个。"

纳撒尼尔不走也不是劳拉的错。她经常揍他，而且现在完全是公开地揍了。有时，她把纳撒尼尔关在门外，然后我们就会听见人行道上传来他的哭声和乞求声。"劳拉，亲爱的，劳拉，心肝儿，就让我住一晚吧。劳拉，心肝儿，让我进去吧。"

如今他再也不吹嘘自己如何摆布劳拉了，也不再往我们这帮人里扎了。我们倒挺开心。

哈特常说："我不知道他为什么不回老家干河去。那儿的人没什么教养，他应该活得快乐一些。"

我也搞不懂他为什么留在这儿。

哈特说："有些男人就这样，喜欢受女人的气。"

而劳拉对待纳撒尼尔越来越厉害了。

一天，我们听见劳拉对他说："别以为你让我生一个孩子，就拥有了我。你听着，这孩子是个意外。"

她威胁着要叫警察。

纳撒尼尔说："但这孩子谁来养呢？"

劳拉说："那是我的事。我不需要你留在这儿。你在这儿还多张嘴。如果你现在不立马离开，我就，就去叫查尔斯警官来抓你。"

搬出警察作威胁到底把纳撒尼尔吓住了。

他流着眼泪离开了。

但劳拉的肚子再一次大了起来。

哈特说："啊，天哪！她居然和同一个男人生了两个孩子！"

米格尔街的一大奇迹就是没有人挨饿。如果你坐下来拿着笔和纸尝试算一算，你就会发现那是不可能的事。但我是在米格尔街长大的，我敢保证没有一个人挨饿。也许有人挨过饿，但从没有人听说过。

劳拉的孩子们长大了。

最大的是个女儿，叫罗娜，开始在圣克莱尔大道的一户人家做佣人，还跟着塞克维尔街的一个男人学习打字。

劳拉常说："世上没有什么比教育更重要，我可不想让孩子像我这样生活。"

劳拉的第八个孩子如期而至，和往常一样毫不费力。

那是她最后一个孩子。

倒不是因为她疲倦了，也不是因为她失去了对人类的爱，更不是因为她丧失了生儿育女的热情。事实上，劳拉似乎没有变老，也没有少一点快乐。我总是感觉，只要给她机会，她就会继续生下去。

有天晚上，大女儿罗娜学习打字回来，说："妈，我要生孩子了。"

我听到劳拉发出一声尖叫。

我头一次听到了劳拉哭。那是非同寻常的哭泣。她似乎把她一生储藏的泪水都哭了出来，把以前用笑声掩盖的哭都发泄了出来。我听过葬礼上的哭声，其中有不少是装出来的。而那天晚上劳拉的哭声是我听过最恐怖的。它使我感觉整个世界变得荒唐可悲，我差点要为她哭泣了。

整条街都听到了劳拉的哭声。

第二天，博伊说："我不明白为什么她对那事这么伤心，她自己就是这样做的嘛。"

哈特非常生气，抽出皮带打了博伊。

我不知是该为谁难过——劳拉还是她女儿。

我感觉劳拉现在羞于在街上露面。当我再次见着她时，难以相信她就是那个总对我笑呵呵的、还给我糖饼吃的女人。

她已经变成老太婆了。

她不再对孩子们大喊大叫，也不再打他们。不知道她是不是仍旧关心孩子们，是不是已经对他们失去了兴趣。

但我们从没听到劳拉责怪罗娜一句。

这让人忐忑。

罗娜带着她的孩子回到了家。街上没有人拿这件事开玩笑。

劳拉的家变得安静而死气沉沉。

哈特说："生活真他妈的活见鬼。你明知道麻烦要来了，可他妈的什么事也做不了。你只能坐下来，望着等着。"

和许多周末版上刊登的悲剧一样，又一出悲剧上演并登报了。

罗娜在卡来纳吉投海自尽。

哈特说："他们总是这样，游啊游，直到累得游不动为止。"

当警察上门把这件事告诉劳拉时，她没说多少话。

她说："这样好，这样好。这样比较好。"

蓝色马车

我希望长大后能成为埃多斯那样的人，原因当然有很多。

首先，他是我们这条街上的贵族之一，到哪儿都驾着清洁马车，而且只在早上干活。

其次，正像大家说的那样，埃多斯是个名副其实的“传奇少年”。这并不是说他会写史诗，而是说他是一个“花花公子”，一个悠闲自得、穿着考究、醉心于女人的人。

哈特常说：“听着，这个埃多斯太干净，简直不像个驾清洁车的。”

埃多斯有洁癖。

他一刷牙就是几个小时。

事实上，和陌生人谈起埃多斯时，你只要说：“你认识的，就是那个嘴里总是含着根牙刷的小个子。”

我特别羡慕埃多斯这一点。有一天，大中午的，我嘴里含着根牙刷，在院子里走来走去。

我母亲说："你搞什么名堂？你怎么不撒泡尿玩？"

这话让我难受了好几天。

但这并不能阻止我把牙刷带到学校去含。风头是出了不少，可我很快意识到只有埃多斯这样的人才能总这么含着牙刷。

埃多斯老是穿得很考究。卡其色裤熨得笔挺，皮鞋擦得锃亮。他穿衬衫时经常敞开三个纽扣，你能看见他毛乎乎的胸脯。衬衫袖子总是正好卷在手腕上方，你恰好就能看到他戴的那块金表。

埃多斯穿大衣时，你也能看见他那块表。从他穿大衣的样子看，你会觉得他没发现大衣袖口被不小心卷进表带里了。

长大之后，我才发现埃多斯原来是多么瘦小。

我问哈特："你觉得埃多斯说的女人怎么怎么追他是真的吗？"

哈特说："没错，小家伙。现在女人可随便啦。只要有钱，就是侏儒，她们也追。"

我说："我才不信你说的话呢。"

我那时太幼稚。

不过我一直认为，如果世上只有一个讨女人喜欢的男人，那么他准是埃多斯。

他坐在那架蓝色马车上的姿势真优雅。他嘴里含着牙刷的样子多神气！

不过坐在马车上的埃多斯从不跟人说话。那时的他和站在地面上的那个他完全是两个人：不苟言笑，一本正经。若我们想像往常爬到雪橇后面那样从后面爬到他车子上，他便会恶狠狠地拿鞭子抽我们，还大吼："你们把这当成什么车子啦？你老子也买不起这样的车子，听见没有？"

每年，埃多斯的清洁车都会被市议会评为最干净的清洁车。

听埃多斯谈论他的工作保准会让你感到伤心和自卑。

他说他认识西班牙港从市长往下的各级重要人物。

他会说：“昨天我刚给卫生局局长收拾了两三桶垃圾。你们知道，我和他可熟啦。我给他清理垃圾可有年头了，开始那会儿他就是伍德布鲁克的一个小医生。想当年我还常挨他训斥呢。我昨天见他时，他说，‘埃多斯（你们知道他总是这么叫我），埃多斯。’他说，‘来喝杯酒吧！’嘿，我这个人干活时就不爱喝酒，因为喝酒耽误事啊。好家伙，他可是差点没把我从车上拽下来。我没办法呀，只好陪他喝了几杯。他对我讲了他所有的苦恼事呢。”

还有许多故事，讲贵妇人站在垃圾桶后面等他，女人央求他帮忙清理垃圾。

每逢清洁工罢工，你准能看到埃多斯。我早就说过，这些清洁工可傲气啦，容不得别人指手画脚。

他们知道自己有这个权力。要是他们罢工的话，西班牙港会在二十四小时内腐烂发臭。

在这些重大日子里，埃多斯总是若有所思地在米格尔街上走来走去，看样子很气愤，一脸凶相，谁也不搭理。

这种时候，他总是戴一条红围巾，嘴里含一根红柄牙刷。

有时我们也去伍德弗德广场看罢工集会上激昂的人群。

看见埃多斯唱歌我真惊讶。那歌声非常雄壮，但他的样子很悲伤。

哈特告诉我：“这儿有密探。他们会把埃多斯和其他人唱的每句话都记下来。”

找出那些密探并不困难。他们都穿着清一色的便服——棕色帽子、白色衬衫和棕色裤子，正用红铅笔在很大的笔记本上写着什么。

而埃多斯看上去并不害怕！

我们都知道埃多斯这个人不是好惹的。

那个时候你不能指责埃多斯傲慢。

一天，埃多斯带了一双鞋回家，不动声色地把鞋拿给我们看，好像我们看不看他都不在乎似的。

他一边刷牙一边看着别处说道："这鞋是我今天从垃圾堆里搞到的。它们就扔在那儿，我随手给捡了回来。"

我们连连惊叹，那鞋子几乎还是新的呢。

"这样的东西就真的有人给扔了。"埃多斯说。

他接着补充道："我们这行可有意思啦。你只要去找就什么都能找到。我知道有个伙计那天还捡到一张大床呢。有一回我在圣克莱尔大道上捡垃圾，有个傻乎乎的女人从屋里冲出来求我进去，说要给我一台收音机。"

博伊说："你是说富人扔的都是这样的东西吗？"

埃多斯笑了，把头转了过去，对我们的无知表示同情。

埃多斯和鞋子的消息很快就传遍了整条街。我母亲听后愤愤不平，说："你瞧这是什么生活呀。我在这儿拼死拼活地干活，却没人扔给我一双那样的鞋子。那个小瘦猴倒好，整天游手好闲，想要什么就能找到什么。"

埃多斯很快又捡到了许多东西。他带回来一副床架，又弄回来好几打稍微有些裂痕的茶杯茶碟，好多好多木头和各种各样的插销、螺丝，有时甚至还能捡到钱。

埃多斯说："今天我和一个老伙计聊天。他告诉我最要紧的是别把鞋子扔掉。只要在别人扔掉的鞋子里面仔细找，保准能找到很多东西。"

最后我们都说不清，埃多斯的工作和他捡到的破烂，哪一样更让他得意。

他每天都要花上半小时时间从他的那辆车上卸破烂。

谁要是需要几颗钉子或者一小块波纹铁皮，找的头一个人就是埃多斯。

有人找他时他总是装出一副老大不情愿的样子，不过我感觉出他是高兴的。

他常说："我整天累得要命，好不容易才搞到这些材料，可他们倒好，跑过来张口就说'给我这个，给我那个'。"

街上的人都把埃多斯捡来的破烂称为埃多斯的"材料"。

一天，刚开设学校不久的泰特斯·霍伊特正对我们说他买书要花很多钱。

他说："至少要花掉我六十元。"

埃多斯就问："你花那么多钱能买到多少书呢？"

泰特斯·霍伊特说："哦，大概七八本吧！"

埃多斯讥笑起来。

他说："我能让你只花十二分就搞到一大捆书。你干吗为了八本书花那么多钱呢？"

埃多斯卖出了很多书。

哈特花二十分从他那儿买了一本书。

就这样，泰特斯·霍伊特使大家都受到了教育。

埃多斯还到处推销他捡来的画。

一天，埃多斯说："今天我捡了两张非常漂亮的画，是两张非常非常漂亮的风景画，加了画框的，考究极了。"

我回家后说："妈，埃多斯说他要卖我们一些风景画，总共十二分。"

我母亲的表现真出人意料。

她把手在衣服上擦了擦就走了出来。

埃多斯拿着风景画过来了。他说："画框上的玻璃有点脏，不过一擦就干净了。瞧，这些风景可是棒极了。"

画面上是几艘航行在波涛汹涌的大海上的船。我能看得出，母亲差点高兴地叫起来。她反复地说："我一直想要些漂亮的风景画。"然后她指着我对埃多斯说道："你知道，孩子他爸以前总画风景画呢。"

埃多斯听后有点吃惊。

他问："他画得有这么美吗？"

母亲没有回答。

谈了一小会儿，母亲付给埃多斯十分钱。

要是有什么东西推销不出去的话，埃多斯就会去找我叔叔巴库。巴库这个人什么都愿意买。

他常说："没准哪天这些东西就会派上用场。"

哈特说："听着，埃多斯现在满脑子装的都是'材料'，世上就有这样的人。”

我原本没为这事担心，直到有一天埃多斯找到我，说：“你有没有想过收集废公共汽车票？”

这我可一点都没想过。

埃多斯说：“瞧，有些事情像你这样的小家伙还是可以干干的。你每集到一千张废公共汽车票，我就给你一便士。”

我说：“你要公共汽车票干什么？”他笑了起来，好像我是个傻瓜。

我没有收集公共汽车票，但我发现许多男孩都在这么做。埃多斯许诺过，收集到一百张废公共汽车票的人就可免费坐一次他的马车。

哈特说：“他要是开始收集大头针才愁人。”

但是后来发生了一件事，使埃多斯的头脑再次像法官一样清醒了。

那天他说：“我碰到麻烦了。”

哈特说：“你不会是要说，你是个小偷，那些材料都是偷来的吧？”

埃多斯摇了摇头。

他说：“我把一个姑娘的肚子搞大了。”

哈特说：“你怎么肯定就是你呢？”

埃多斯说：“她是这么说的。”

没想到这区区小事竟会让埃多斯这么紧张。

哈特说："别犯傻了，伙计。这种事谁都会碰上的。"

但这话并没有使埃多斯感到安慰。

他都没心思捡破烂了。

最后他索性洗手不干了。

哈特说："埃多斯那样子好像是他自己要生孩子似的。"

哈特又问埃多斯："你怎么能肯定那孩子就是你的，而不是别人的呢？要知道有些女人就是靠这种方法挣钱糊口呢。"

埃多斯说："没错，她生过别人的孩子，可我还是有麻烦。"

哈特说："她是劳拉那样的人？"

埃多斯说："不是，劳拉只给一个男人生一个孩子。那小娘儿们却给一个男人生两三个。"

哈特说："瞧你，别着急。你还不知道那是不是你的孩子呢。等等再说，等等再说。"

埃多斯满脸愁容地说道："她说要是我不要这个孩子的话，她就会让我失业。"

我们都倒抽一口气。

埃多斯说："她认识很多人。说要让他们把我从圣克莱尔大道赶到干河去。那地方的人都是穷光蛋，什么东西也不扔。"

我说："你是说在那儿你就捡不到什么材料了吗？"

埃多斯点点头，我们明白了。

哈特说：“俗话说得好，男人是蜈蚣心肠，女人心肠比蜈蚣还要坏。我就知道有一种女人，她生一堆孩子，这些孩子由父亲们养着，她还要父亲们拿钱给她。这种女人年纪轻轻的，就已经从很多男人那儿得来很多钱，但自己一个孩子也不养、一点责任都不负。就有这样的事情。”

博伊说：“别着急，埃多斯。等着瞧，说不定不是你的孩子呢。等着瞧吧。”

哈特说：“博伊，你是不是还小，这种事情轮得上你插嘴吗？”

几个月过去了。

一天，埃多斯宣布道：“昨天她把孩子生下来了。”

哈特说：“男孩还是女孩？”

“女孩。”

我们都为埃多斯感到难过。

哈特问：“你觉得是你的孩子吗？”

“是的。”

“你要把孩子带回来？”

“过个一年再说吧。”

“那你现在就没有什么好愁的啦。要是你的孩子，就把她带回来，伙计。你照样可以到圣克莱尔大道捡你的材料。”

埃多斯表示同意，但他看上去并没有更高兴一点。

那孩子还没到米格尔街，哈特就早早给她起了个小名。他叫她乐乐。后来大家都这么叫她，直到她长成大姑娘。

一天晚上，乐乐的母亲将乐乐带来了，但她自己没待多久。埃多斯见我们都夸孩子的母亲长得漂亮，心情也好转了不少。她看上去是个野性十足、有西班牙味道的女人。

不过我们一眼就看出乐乐不可能是埃多斯的孩子。

博伊哼起了小调：

> 中国孩子叫我爸爸！
> 我自己黑得像煤炭，
> 我老婆黑得像沥青，
> 可是，
> 中国孩子还是叫我爸爸！
> 哦，上帝，有人在我的咖啡里加进了牛奶。

哈特拧了一下博伊，然后对埃多斯说："这孩子长得真好看，埃多斯，像你。"

埃多斯说："你真的这么觉得吗，哈特？"

哈特说："当然啦，伙计。我想她长大后肯定是个讨人喜欢的小姑娘，就像她爸爸是个讨人喜欢的男人一样。"

我说："你女儿真漂亮，埃多斯。"

那孩子睡着了，小脸红扑扑的，看上去确实很漂亮。

埃罗尔说："为了她，就是让我等上十六年也心甘情愿。"

埃多斯听了这些话眉开眼笑，最后竟莫名其妙地大笑起来。

哈特说："闭上你的嘴，埃多斯。会吵醒孩子的。"

埃多斯问："你真觉得她长得像我，哈特？"

哈特说："是的，伙计。听着，埃多斯，我觉得你做得对。要是我也这么不小心，也在外面有了孩子，我会把他们都领回家自己养的。把他们都领回家抚养吧，伙计！这没有什么不好意思的。"

埃多斯说："哈特，有个鸟笼我捡来好长时间了。明天我就把它拿来给你。"

哈特说："我想要个鸟笼，可是想了很久很久了。"

没过多久，埃多斯又成了我们熟悉的那个埃多斯，重新炫耀起他的工作和捡到的旧货，当然，还多了乐乐。

乐乐成了这条街的孩子，街上所有的女人，包括摩根太太、巴库太太、劳拉和我母亲，都帮着照料她。

要是米格尔街有谁想笑话乐乐，那么等他看见乐乐在茁壮少儿比赛中获得了一等奖，照片还见了报，也就把嘴闭上了。

只是为了，爱，爱，爱

一天早上九点钟光景，一辆灵车和一辆轿车在希尔顿小姐屋前停了下来。轿车上下来一男一女，两人都身着黑衣，中年模样。当男的走过去对灵车里的两个男人轻声说话时，那女的哭了起来，但哭声不大，姿态很端庄。

我想，希尔顿小姐的丧事在米格尔街恐怕是最简便、最不事声张的了，与我们为另一个寡妇理考德小姐举办的葬礼没法比。理考德小姐是个社会工作者，得过帝国勋章，住在这条街上条件比较好的那片区域。那次葬礼上我数了数，有七十九辆汽车和一辆自行车。

那一男一女中午时又回来了，院子里已经燃起火堆，床垫、枕头、床单和毯子都被扔进火中。

然后，这座灰色木屋的所有窗户都被打开，这景象我以前从未见过。

这个星期过去后，门前那棵芒果树上钉了一块牌子：此屋待售。

这条街上没人认识希尔顿小姐。她活着时，屋子前门总是上着锁，没人见她出来过，也没见有人进去过。这让大家没法为她难过，也没法说怀念她。

要说她的房子，我只记得两种颜色：灰色和绿色。绿的是芒果树，灰的是房子本身和防止人偷摘芒果的马口铁栏杆。

如果你的板球掉进希尔顿小姐的院子，你就别想把它捡回来了。

希尔顿小姐死的时候不是芒果成熟的季节，不过我们捡回了十好几个板球。

在新人还没搬进来时，我们就准备好讨厌他们了。我想我们是有点担心。当时已经有一个邻居老是向警察抱怨我们，说我们在人行道上玩板球，就算我们没玩板球他也会抱怨我们太吵太闹。

查尔斯警官会走过来说："小伙子们，警长又派我来了，那该死的家伙又来电话了。你们悠着点儿。"

一天下午我放学回来后，哈特说："来了一男一女，女的漂亮极了，但男的丑得没法说。看上去像葡萄牙人。"

我看不到太多东西。前门开着，但窗子又关上了。

我听到一条狗在狂吠。

有一点很快就清楚了：甭管这些人是谁，至少肯定不是那种会报警投诉我们吵闹打搅他们睡觉的人。

那天夜里，倒是那座房子里闹得不行，收音机开到最响，直到特立尼达电台停止播音的午夜。狗在狂吠，那男人也在叫嚷。我没有听见那女人的声音。

第二天早上，哪儿都极其安静。

我一直等到见到那女人才去上学。

博伊说："你知道，哈特，我想我在哪儿见过这女的，我在穆库拉普街上送牛奶时见过她。"

这位女士和我们米格尔街有点格格不入。她衣着太考究了点，长得太漂亮了些，举止也雅气。她也与其他女人一起挤在玛丽的小店里买面粉、大米之类常常断货的东西，这让人觉得有点滑稽。

我想博伊是对的。这个女人更应该出现在穆库拉普街上漂亮房子的花园里，穿着短裙短衫蹦蹦跳跳，背后是穿着制服、小心翼翼等着侍候她的仆人。

几天后，我见到那男人的机会多了。他又高又瘦，面容丑陋，脸上还长着粉色的疙瘩。

哈特说："天哪！他是一流的酒鬼。"

过了一段时间我才发现，这个高个子男人几乎每时每刻都醉着，浑身散发出一股难闻的劣质朗姆酒味。我有点怕他，每次见到他，都会走到街对面。

如果说他的妻子——或者甭管她是谁吧——穿得比这条街上任何一个女人都体面的话，他的穿着可是比我们所有人都糟。他甚至比乔治还邋遢。

他似乎也不干任何工作。

我问哈特："这么漂亮的女人怎么会跟他这样的人搞在一起？"

哈特说："小子，你不会明白的。告诉你你也不信。"

这时我看到了那条狗。

它有公羊那么大，像公牛一样凶。它长着一张它主人那样的长脸。我常见他们俩在一块儿。

哈特说："如果那条狗哪天跑出来，这条街可就要遭殃了。"

几天后哈特说："你们知道吗，有件事真让我吃惊。我没看到他们搬进去任何家具。看样子他们好像只有那台收音机。"

埃多斯说："我倒有好多东西可以卖给他们。"

我常想着那座房子里的那个男人、那条狗，还有那女人，我为她难过，为她担心。我喜欢她，她做事井井有条，与邻里和和气气，她尽力做得与其他女人一样，并不想与众不同。

后来，殴打开始了。

那女人常常哭着跑出来。我听见那条凶狗的狂吠，那男的叫着、骂着，出语之难听让我们都震惊不已。

哈特对大一点的人说："这不明摆着嘛，还能有什么事？"

爱德华和埃多斯都笑了。

我问："什么事，哈特？"

哈特笑了。

他说："小子，你太小了，不懂。等到你穿长裤时再说吧。"

因此，我做了最坏的猜测。

那女的突然好像完全不顾羞耻了。她会哭着跑向街上任何一个人，喊道："救救我！救救我！他抓住我就会杀了我的。"

有一天她冲进了我家。

她并没有为自己的不请自来道歉。她惊恐至极，甚至都哭不出来了。

我从没见过母亲这么热心地去帮助什么人。她给那女人茶和饼干。那女人说:“我不明白这些日子托尼怎么了。但你知道，只有在夜里他才这样，在早上他可好了。可是快到中午时不知道出了什么事，他就疯了。”

起初我母亲对这个女人说话时会过分地字斟句酌，还拿腔拿调，发音夸张，并且设法去押韵，她安慰说一切都会“不可阻挡”地好起来的。通常母亲管男性叫“男人”，现在她开口闭口“男士们”“他们”，并拿我去世的父亲为例。

我母亲说:“这孩子父亲的行事之道正好相反，每次我步入他的房间，他便会‘砰’地从床上跳起来，‘哇哇’地蹿出去，嗯，我是说叫喊着跑开。”

但是那女人来过三四次后，我母亲恢复常态，不再装文雅了，对那女人说话就像对待劳拉和巴库太太一样了。

我母亲说:“那么，告诉我，赫瑞拉太太，你干吗不甩了这个不是东西的男人？”

赫瑞拉太太说:“我知道这听上去很傻，但我喜欢托尼，我爱他。”

我母亲说:“古怪的倒霉爱情。”

赫瑞拉太太开始谈论托尼，口气就像在说她钟爱的小男孩。

她说:“他有许多优点，他的心肠很好，真的。”

我母亲说:“我可不懂什么心不心的，我只知道应该在他屁股上狠狠来一下让他醒醒。你怎么能让这种人一次一次给你难堪呢？”

赫瑞拉太太说:“不，我了解托尼。他病的时候是我照看他的。

都是因为战争，你知道。他是海员，中过两次鱼雷。”

我母亲说：“该再挨一下。”

“你可别这样说。”赫瑞拉太太说。

我母亲说：“得了，我只是有话直说罢了。你不是过来问我建议的吗？”

“我不是来征求建议的。”

“你是来找我帮你一把，而我不过想帮帮你，就是这么回事。”

“我并没有要你的帮助或建议。”赫瑞拉太太说。

我母亲并没有发火。她说：“那么，好吧。回到那个了不起的人身边去。全是我自找的，谁叫我去掺和白人的事。你听过那首卡里普索小调吗：

> 只是为了，爱，爱，爱，
> 爱德华国王把王位都抛开。

好了，让我告诉你，你不是英王爱德华。回到你那个了不起的爱人身边去吧。”

赫瑞拉太太这时总是走出门去，说：“我希望我再也不会来这儿了。”

但第二天晚上她又会来的。

一天，我母亲说：“赫瑞拉太太，大家都怕你们的那条狗。那东西对这个地方来说太野了点。”

赫瑞拉太太说：“那不是我的狗，是托尼的，连我都不能碰它。”

我们都瞧不起托尼。

哈特说："女人是该时不时地修理修理，但这家伙干这事就像练手似的，也忒狠了。"

他的酗酒也让人讨厌。

人们经常在各种地方见到他烂醉如泥地倒在地上。

他也曾试图对我们友好些，却让人感到比什么都难受。

他总说："好啊，小伙子们。"

他好像不会说别的什么了。而每当哈特和其他大人出于友好试着跟他说话时，我总感觉他并没有在听。

常常是别人正说到一半他便突然起身，一言不发地从我们身边走开。

哈特说："这也好，我觉得我看他太久会吐的。你们看到了吧，白皮肤有时也这么脏。"

的确，他的皮肤让人恶心，白中带着黄和粉，还布满棕色和黑色的斑点。他左眼上面有块皮肤呈暗粉色，看上去像是烫伤以后新长出的肉。

但我感到奇怪的是，如果你只看托尼那两只又瘦又皱的手，你倒会可怜他，而不是厌恶他。

但我只是和哈特及其他人在一起时才看他的手。

我想赫瑞拉太太大概只看见他的手了。

哈特说："我倒要看看这事要多久才能了结。"

赫瑞拉太太显然并不想很快了结。

她和我母亲最终还是成了朋友，我常听到她谈计划。她说她以后要买一些家具，我想她已经买了几样。

但她谈得最多的还是托尼，要是光听她说，你会以为托尼跟正常人没什么两样。

她说："托尼正打算离开特立尼达。我们可以在巴巴多斯开个旅馆。"

或者："只要托尼一好转，我们就要开始一次长途旅行。"

又或者："其实托尼严于律己，有坚强的意志，真的。只要他体力恢复，我们会好起来的。"

托尼仍旧是老样子，似乎对自己的这些计划一无所知。他不肯安静下来，变得越来越狂躁，更招人厌了。

哈特说："这家伙像个从下三烂地方来的白痴，恐怕连茅坑是干吗的都忘了。"

情况还不止这些。他似乎变得极其仇视人类了，看一眼陌生人就足以令他破口大骂。

哈特说："我们得收拾一下托尼。"

他们揍他的那个晚上我也在场。

此后很长一段时间，哈特都记着这件事。

那场面太可怕了，真的。哈特他们并没有怒气冲冲的，托尼也没有发火，他毫无表情，一点也不想反击，对打在身上的拳头没有任何反应，他也不惊恐，既不哭叫也不求饶，只是站在那儿挨揍。

但并不是因为他勇敢。

哈特说："他只是醉得一塌糊涂而已。"

最后，哈特生起自己的气来。他说："这是在占便宜。我们不该打他。那人没有感觉。"

从赫瑞拉太太的谈话看，她显然对此一无所知。

哈特说："不管怎样，这倒是让人松了口气。"

那段时间的每一天，我们都在想一个问题：像赫瑞拉太太这样的女人怎么会和托尼纠缠在一起？

哈特说这他明白。但他好奇赫瑞拉太太究竟是谁，我们也都想知道，就连我的母亲也急着想知道。

博伊出了个主意。

他说："哈特，你知道有一种声明吗？就是在老婆或老公出走后登在报纸上的那种？"

哈特说："博伊，你小子真他妈的长大了，长得这么他妈的快。真见鬼，你这小毛孩儿怎么会知道这种事情？"

博伊以为这是夸奖。

哈特说："你怎么知道赫瑞拉太太把老公甩了？你怎么知道她没

嫁给托尼？”

博伊说：“你听我说呀，哈特，我在穆库拉普街送牛奶时见过那女人，这我跟你说过的。”

哈特说：“白人不会干这种在报上登声明之类的事的。”

埃多斯说：“别瞎下结论，哈特。你对白人了解多少？”

最后，哈特答应以后会仔细看报。

接着就出了大麻烦。

一天，赫瑞拉太太尖叫着奔出那座房子。“他疯了！我告诉你们，他疯了。这次他真的要杀我。”

她对我母亲说：“他抓了一把刀，开始追我，说‘我要杀了你，我要杀了你’。语气还很平静。”

“你对他做了什么吗？”我母亲问。

赫瑞拉太太摇摇头。

她说：“这是他第一次威胁要杀我。这次可是来真的，我知道。”

刚才她还没哭，说到这儿便失声痛哭，像个小女孩一样。

她说：“托尼全忘了，我为他做的一切他全忘了。他忘了他生病时我怎么照顾他。告诉我，这公平吗？我为他做了一切。一切。我放弃了一切，钱和家庭。全是为了他。告诉我，他这样对待我对吗？噢！天哪！我是做了什么，要受这样的罪呀？”

她就这样边哭边说。

我们让她尽情地发泄了一会儿。

然后我母亲说："托尼看起来是那种说杀就杀的人，而且他不会觉得自己是在杀人。今晚你要睡这儿吗？你可以睡在孩子的床上。他可以睡在地上。"

赫瑞拉太太并没在听。

我母亲摇了摇她，重复了一遍刚才的话。

赫瑞拉太太说："我现在好了，我要回去与托尼谈谈。我想我是干了什么事冒犯他了。我必须回去，看看究竟是怎么回事。"

"好吧，那我也不坚持，"我母亲说，"我想你把爱情这东西看得太重了。"

赫瑞拉太太又回到那座房子里。我和母亲等了半天，以为会传来喊叫声。

但我们什么也没听见。

第二天早上，赫瑞拉太太又和平常一样好端端的了。

不过你可以看出来，她正一天天地失去风采，变得黯淡，脸上出现了皱纹，眼睛又红又肿，眼窝开始下陷，让人不忍正视。

哈特跳了起来，说："我知道了！我知道了！我老早就知道了。"

他给我们看分类广告中的个人声明栏。那里有七个人离开了配偶。我们随着哈特手指的方向读到了这样一段话：

我，亨利·休伯特·克里斯蒂安尼宣布，我的妻子安吉拉·玛丽·克里斯蒂安尼，不再受我关爱和保护，并且本人对她的债务概不负责。

博伊说："就是那女人。"

埃多斯说："是的，克里斯蒂安尼，是个医生。我太知道他了，我给他清过垃圾。"

哈特说："现在我来问你们，为什么，到底为什么一个女人会因为托尼离开这样的男人？"

埃多斯说："是啊，我太知道克里斯蒂安尼了。漂亮的房子，漂亮的车子。你们知道，还很有钱。好久没见他了。我在穆库拉普街倒垃圾桶时就认识他了。"

半小时内这消息就传遍了米格尔街。

我母亲对赫瑞拉太太说："你该报个警。"

赫瑞拉太太说："不，不，不要警察。"

我母亲说："你怕托尼，但好像更怕警察。"

赫瑞拉太太说："要出丑的……"

"出丑！天哪！"我母亲说，"你性命都难保，还怕出什么丑。好像那男人还没让你难堪透似的。"

我母亲说："你干吗不回去找你老公？"

她这么说的时候以为赫瑞拉太太会惊讶得跳起来。

但赫瑞拉太太很平静。

她说："我对他毫无感情。我简直无法忍受他那种干干净净的医生气味。那让我窒息。"

我很理解她，也想给母亲使眼色。

托尼更加不对劲了。

他常常手拿半瓶朗姆酒坐在门前的台阶上，身边陪着那条狗。

他好像完全与外界隔绝了，看上去全然没有知觉。极难想象赫瑞拉太太，或者说克里斯蒂安尼太太会爱上他。而要想象他爱上任何人就根本是不可能的了。

我觉得他就像只动物，就像他的那条狗。

一天早上，赫瑞拉太太过来后平静地说："我决定离开托尼。"

她如此平静，我看出我母亲在担心。

母亲说："这次又出了什么事？"

赫瑞拉太太说："没什么。昨晚他叫狗往我身上扑。他好像不知道自己在干什么。他没笑，没有任何表情。我想他是疯了，我要是不走，他应该会杀了我的。"

我母亲说："你回哪儿去？"

"我丈夫那儿。"

"在他登了那个启事后？"

赫瑞拉太太说："亨利就像个孩子，你知道。他就是想吓吓我。

如果我今天回去，他会很高兴的。”

说着，她神色严肃起来，看上去有些异常。

我母亲说：“别这么肯定。他认识托尼吗？”

赫瑞拉太太有些古怪地笑了。“托尼是亨利的朋友，不是我的。一天，亨利把他带回来，他病得不成样子。你知道，亨利就是那样。我从没见过像亨利那样乐于做好事的人。他最支持的就是做好事和讲卫生。”

我母亲说：“你知道吗，赫瑞拉太太，我真希望你像我一样。如果有人在你十五岁时就娶了你，我们就不会有这些心啊爱啊等等乱七八糟的事了。”

赫瑞拉太太哭了起来。

我母亲说：“对不起，我并没想惹你哭。”

赫瑞拉太太抽抽搭搭地说：“不，不是因为你，不是因为你。”

我母亲有点失望。我们看着大哭的赫瑞拉太太。

赫瑞拉太太说：“我给托尼留了一些吃的，大概够吃一个星期。”

我母亲说：“托尼是个大人。你不用为他操心。”

他发现她走了以后，简直是嚷翻了天，他像狗那样咆哮，又像婴儿那样号啕大哭。

接着就是酩酊大醉，不是往常那种醉法，而是完全不省人事，越喝越醉，越醉越喝。

他完全忘了那条狗，让它饿了好多天。

他东倒西歪地满街晃悠，在每所房子前大喊大叫，想找回赫瑞拉太太。

回到家里他就拿狗出气，我们老是听到狗的厉声尖叫和呜咽。

最后，连狗也背叛了他。

不知怎的，那条狗挣脱了链子，朝他扑去。

托尼吓醒了。

狗跑出房子，托尼在后面追。他蹲下来，吹了吹口哨。狗站住了，竖起耳朵，转身看着他。这个烂醉的怪人朝他的狗笑着，吹着口哨想唤它回来，这场面让人觉得滑稽。

那狗站着不动，盯着托尼。

它的尾巴举起来摆了几下，又垂了下来。

托尼站起来朝狗走去。那狗转身跑了。

我们见到他趴在一个房间里的褥垫上。屋里几乎空空如也，只有那床褥垫和一些空酒瓶，还有许多烟头。

他醉了，睡着了，脑袋的姿势很古怪。

那双又瘦又皱的手看上去是那么脆弱，让人难受。

芒果树上又挂了一块“此屋待售”的牌子。一个男人带着五个孩子搬了进去。

托尼还不时地回来，吓坏了新来的人。

他总是要钱，要酒，还老要那台收音机。他说："你拿了安吉拉的收音机，我要收租金，一个月两元，现在就给我钱。"

新房主是个小个子男人，很怕托尼，总是不敢搭腔。

托尼会看着我们，笑笑说："哎，小子，你们知道安吉拉的那台收音机，是不是？那么，这家伙玩的什么把戏？"

哈特说："谁能告诉我为什么世上会有托尼这种人！"

两三个月后，他不再来米格尔街了。

我再见到托尼是很多年以后了。

那时我正在去阿里马的路上，就在拉芬蒂勒采石场附近，我看到他开着一辆卡车。

他还叼着一根烟。

我能记得的就是这些，还有他那双瘦瘦的手臂。

一个星期天的上午，在去卡来纳吉的路上，我从克里斯蒂安尼的屋前走过。以前我一直绕着那儿走。

克里斯蒂安尼夫人，或者说赫瑞拉太太，正穿着短裤短衫，坐在花园里的一把安乐椅上看报。透过敞着的门，我看见一个穿制服的仆人正在准备午餐。

车库里有一辆黑色轿车，新的，很大。

机械天才

我的叔叔巴库可以称得上是摆弄机械的天才。记忆里他总是拥有一辆机动车什么的。但他并非总是认同制造商的设计，因为他常常把发动机拆得一塌糊涂。泰特斯·霍伊特说这也是爱斯基摩人的习惯。这是他看一本地理书知道的。

我所记得的巴库，并非他的相貌，而是他在车底下蠕动的那对脚板。他在车底下时我总是担心车会从千斤顶上滑下来砸在他身上，因为这好像随时都会发生。

有一天它终于发生了。

他发出轻微的呻吟。只有他老婆听到了。

她惊叫道："噢！天哪！"接着马上哭了起来。"我就知道会出事的，他出事了。"

巴库太太说起丈夫时总是用"他"。

她冲到院子边上，听到巴库在呻吟。

"男人，"她轻声问，"你怎么样？"

他的呻吟声更大了。

他说："见鬼，我还能怎么样？你瞎了眼啦？没见到这么大辆车把我屁股都砸扁了！"

贤妻巴库太太又哭了起来。

她敲打着马口铁围栏。

"哈特，"巴库太太喊道，"哈特，快来呀。车子压着他了。"

哈特正在打扫牛棚，听见巴库太太的叫喊后笑了。"记得我怎么说的吗？"哈特说，"干傻事迟早遭殃。这么崭新的车，谁叫他去瞎折腾！"

"他说曲轴不灵了。"

"那么他是要找曲轴吗？"

"哈特，"巴库在车底下喊道，"等你把我从车底下拉出来后，看我不马上拧断你的尾巴。"

"男人，"巴库太太对她丈夫说，"你还逞什么能啊！人家好心来帮你，你还要揍人家。"

哈特一副受委屈的样子。

他说："这可不是新鲜事了，我早料到会这样。我掺和别人的事总是好心没个好报。算了吧，我可不管你和你老公了，我回牛棚去了。"

"别这样，哈特。你别跟他计较。想想吧，要是这么大一辆新汽车压在你身上你会怎么说。"

哈特说："好吧，好吧。我得去叫几个小伙子来。"

我们听到哈特在街上喊："博伊！埃罗尔！"

没人回应。

“博——伊！埃——罗尔！”

“来啦！哈特。”

“见鬼！你们这两个小子到哪儿去了，嗯？你们以为自己现在长大了，可以两手插在口袋里对我爱理不理了？你们刚才在抽烟，嗯？”

“抽烟，哈特？”

“究竟怎么回事？你们突然聋了吗？”

“是博伊在抽烟，哈特。”

“他撒谎，哈特。是埃罗尔在抽，我只是站在那儿看他。”

“你们是当了警察了还是怎么着了，嗯？看我不打你们的屁股。埃罗尔，去抽博伊一下。博伊，去抽埃罗尔一下。”

我们听见他们俩抽噎起来。

巴库在车底下吼道：“哈特，你就不能别管教他们？现在你亏待他们，以后他们会把你关进大牢。你就不能不管教他们？他们都长大了。”

哈特回头喊道：“你操心操心自己吧，要不我让你烂在车子下面。”

巴库太太对丈夫说：“少说几句吧，男人。”

还好，不是什么大祸。千斤顶是滑了下去，不过大轴砸在了一堆木墩上，巴库被罩在车下，没有受伤。

巴库出来后看着自己的衣服。是一条卡其布裤子和一件背心，被机油弄得又黑又硬。

巴库对他老婆说：“它们现在真脏了，是不是？”

她骄傲地回答：“是的，男人。”她说：“它们真的脏了。”

巴库笑了。

哈特说："好啦！帮你们抬车这差事让我腻味透了。要我说，你还是去找个技师来看看吧。"

巴库并没在听。

他对他妻子说："曲轴没事，是别的什么东西坏了。"

巴库太太说："行啦，你得先吃点东西。"

她看着哈特说："他一修车总忘了吃饭，老得我提醒他。"

哈特说："跟我说这些干吗？要我写下来送到报社去吗？"

我想晚上看巴库修车，于是对他说："巴库叔叔，你的衣服看上去又脏又油。我不明白你怎么还能穿着它们。"

他转身朝我笑了。"你以为呢，小子？"他说，"像我这样的技师没时间穿干净衣服。"

"这车怎么啦，巴库叔叔？"我问。

他没有回答。

"是挺杆松了吗？"我问。

巴库告诉我不少有关汽车的事，有一件就是挺杆老是松。把任何一辆汽车给巴库，他告诉你的头一件事就是："挺杆松了。你听，听见了吗？"

"是挺杆松了吗？"我又问。

他马上朝我走来，急切地问："什么？你听到它松了？"

我还没来得及回答，巴库太太就把他拉开了，说："行啦，是有什么东西松了。现在先吃点东西吧，男人。天哪！今天你可真是把衣服弄脏了。"

压着巴库的那辆车并不算新，虽然巴库吹嘘说它差不多是新的。

“它只跑过两百英里。”他老这么说。

哈特说：“我知道特立尼达小，但不知它竟会这么小。”

我还记得车子买来的那一天。那是一个周六，上午巴库太太来看我母亲，两人谈论米面的价格和黑市。走的时候她说：“他去城里了，说要买辆新车。”

于是我们等着看新车。

但到了中午，巴库还没回来。

哈特说：“这会儿那家伙十有八九正在拆发动机呢。”

大约四点钟光景，我们听到一阵嘭啪咔嗒的声音，于是沿米格尔街朝码头那边望去，看到了那辆车。这是一辆一九三九年款的蓝色雪佛兰，看上去很新很豪华。我们开始挥手欢呼，我看到巴库挥着左手。

我们蹦跳着跑到巴库家屋前的马路上，挥手欢呼。

车开近了，哈特说：“快跑，伙计们！快逃命。他像是疯了。”

太悬了！车从屋子边上冲了过去，我们都停止了欢呼。

哈特说：“车子失去控制了。这辆车早晚会惹麻烦的。”

巴库太太大笑起来。“你说什么呢！”

但我们还是叫喊着追着那辆车跑。

巴库不再挥左手了，而是警告大家闪开。

终于，在阿里亚皮塔街口，车奇迹般地停了下来。

巴库说："我拐进米格尔街后拼命踩闸，但刹车失灵了。真奇怪，今天早上我还把刹车拆了检查过呢。"

哈特说："现在你可以干两件事，把你的脑袋拆了检查检查，或者把你的屁股卸了，免得害别人遭殃。"

巴库说："你们这帮小子得帮我一把，把车推回家去。"

当我们把车推过做花炮的摩根家门前时，摩根太太喊道："嗨！巴库太太，我看到你家今天买了辆新车。"

巴库太太没搭理她。

摩根太太说："喂，巴库太太，你让你老公用他的新车带我兜兜风吧。"

巴库太太说："行，他带你兜风，但你老公得先买辆驴车带我兜风。"

巴库对妻子说："你闭上嘴，行不行？"

巴库太太说："干吗让我闭嘴？你是我老公，我得帮你说话。"

巴库板着脸说："你听着，我没叫你帮忙时你少给我多嘴。"

我们把车推到巴库家屋前就走了，留下他们俩在那儿斗嘴。这场争吵没多少看头。巴库太太坚持称自己有权站在丈夫一边为他说话，巴库却拒不领情。最后巴库打了他妻子。

这事干起来并非像听上去那么轻松。巴库太太的体形会让人想起秤砣，实际上她满身横肉。她要是把两手垂在身体两侧，看上去就像一对括号。

至于她吵架时的嗓门……

哈特常说："就像留声机快速倒带的声音。"

我记得，在很长一段时间内巴库试着用棍子打妻子，后来就改用粗得多的板球棒，我不敢肯定这是不是哈特的建议。但不管是谁出的主意，反正巴库从皇后公园运动场的一个地摊上买了根二手板球棒，上了油，从此就用它来揍妻子。

哈特说："只有这玩意儿能让她有点感觉。"

最奇怪的是，负责保养这根板球棒的正是巴库太太本人。博伊曾多次去借这根球棒，巴库太太都没答应。

就在车子砸在巴库身上的那天晚上，我去看他修车。

"你是说挺杆松了吗？"他说。

"我什么也没说，"我说，"我只是问你。"

"哦。"

巴库拆开发动机，一直折腾到深夜。第二天是周日，他又忙活了一整天，晚上也没歇着。周一早上技师来了。

巴库太太对我母亲说："公司派来了技师。问题是特立尼达的技师都是乳臭未干的毛小子，对汽车连最基本的都不懂。"

我跑到巴库家里，见技师正把头埋在汽车前盖里，巴库坐在侧踏板上，给技师递过来的每一件东西上油。见他手指浸在机油里时那副兴高采烈的样子，我说："让我也来擦下油吧，巴库叔叔。"

"走开，你小子还太小。"

我坐下来看着他。

他说："挺杆是松了，我已经修好了。"

我说："太好了。"

技师在骂娘。

我问巴库："那些螺丝怎么样？"

他说："我得检查一下。"

我站起来走到车边，挨着巴库坐在踏板上。

我看着他，说："你知道是怎么回事了吗？"

"什么怎么回事？"

"周六我听到发动机的声响，觉得不对劲。"

巴库说："你小子真是越来越聪明了，有长进。"

我说："是你教我的。"

实际上我知道的也就是挺杆、螺丝、发动机声响和——对了，我把它忘了。

"你知道吗，巴库叔叔。"我说。

"什么，孩子？"

"巴库叔叔，我猜是化油器有毛病。"

"你真这么想？"

"我肯定，巴库叔叔。"

"好吧，让我来告诉你，我对技师说的第一桩事就是化油器，可他不信。"

技师的视线离开发动机，抬起一张脏脸，生气地说："白人亲手造的发动机让一帮愚蠢的家伙乱搅一通，能有什么好结果？"

巴库朝我眨眨眼。

他说："我觉得是化油器有问题。"

在所有的钻孔中我最喜欢化油器孔。有时巴库启动发动机时，我就用手捂着化油器孔，一会儿之后再放开。巴库从来没有说明我们为什么要这样做，我也没问。有时我们会把汽油从油罐里吸出来，我再把汽油倒进化油器里帮巴库发动汽车。我常常请求巴库让我来发动汽车，可他总是不答应。

一天发动机起火了，好在我及时跳开了。火没烧多久。

巴库从车里出来，大惑不解地看着发动机。我想他是被它惹恼了，我以为他会立即把它拆了。

那是我们最后一次操练化油器孔。

终于，技师试了一下发动机和刹车，说："行了，现在车修好了。简直比我造一辆新车还费事。别再乱折腾它了。"

技师走后，我和巴库沉思着绕车走了两三圈。巴库轻抚着下巴，没跟我说话。

突然，他跳上驾驶座，摁了几下喇叭。

他说："你觉得这喇叭怎么样，孩子？"

我说："再摁一下，让我听听。"

他又摁了一下。

哈特从一扇窗中探出头来嚷道："巴库，让那该死的车安静一会儿。你把这儿吵得像在办婚礼。"

我们没理会。

我说："巴库叔叔，我觉得这喇叭不怎么对劲。"

他说："你真这么觉得？"

我做了个鬼脸，吐了口痰。

于是我们开始捣鼓那喇叭。

最后我们把一小段电线缠在方向盘上。

巴库看着我，说："你看，拿这根线碰一下任何有金属的地方，喇叭就响了。"

听上去不太可能，但就是这么回事。

我说："巴库叔叔，你怎么什么都知道呢？"

他说："这些够你学一辈子的。"

这条街上的人都不喜欢巴库，都觉得他讨厌。但我喜欢他，就像我喜欢木匠波普一样。现在想来，巴库也算一个艺术家。他摆弄机动车纯粹是为了兴趣，他好像从不为钱发愁。

但他的妻子却整天操心钱的问题。和我母亲一样，她觉得自己生来是个理财能手，能无本生财。

一天她跟我母亲谈起这事。

我母亲说："出租车现在很赚钱，拉着美国人和他们的女朋友到处跑。"

于是巴库太太鼓动她丈夫买了辆卡车。

这辆卡车简直是米格尔街的骄傲。是辆又大又新的贝德福德，巴库把它开回来的那天我们全涌上街去欢迎。

连哈特都要惊叹了。“要说只有英国人能造出来的东西，那就是卡车了，”他说，“你们知道，这可不是福特和道奇比得了的。”

当天下午巴库就跟卡车干上了，巴库太太逢人便炫耀：“你们干吗不来看看他是怎样修卡车的？”

巴库不时地从车底下爬出来，擦擦车身和车前盖，然后又钻回车底下。可他看上去并不开心。

第二天，那些借钱给巴库买贝德福德卡车的人组成一个代表团来到巴库家里，请求他别再折腾那卡车了。

巴库一直待在车底下，拒绝回应。代表们生气了，其中几个女人开始哭了起来。但巴库仍然无动于衷。最后代表团只好悻悻然离去。

代表团走后，巴库开始把气出在妻子头上。他揍她，说：“都是你让我买卡车，都是你，都是你。你只知道钱、钱，就和你妈一样。”

但他发怒的真正原因是他无法把发动机按原样装好，有两三件东西放哪儿都不合适，让他伤透了脑筋。

车行派来了一个技师。

他看了看车，然后极其平静地问巴库：“你到底为什么要买贝德福德？”

巴库说：“我喜欢贝德福德。”

技师吼道：“那你他妈干吗不去买一辆劳斯莱斯？车行里有的是封闭式发动机的车！”

然后他边干活边难过地说：“太可惜了，简直让人想哭，这么好端端的一辆新车。”

启动器彻底坏了。巴库只得用曲柄摇把发动车子。

哈特说：“真是丢尽了脸！多新的车，锃亮锃亮的，闻上去都是新的，底盘上还有粉笔图样呢，竟然要像个破烂手推车一样，用摇柄来发动。”

但巴库太太骄傲地说：“那拐棍一摇，车就能发动。”

一个周六的早上，也是个赶集的日子，巴库太太过来哭着对我母亲说：“他进医院了。”

我母亲说：“出事了？”

巴库太太说：“他发动那辆车，就在集市边上，一摇那拐棍，车子发动了，但车挂了挡，撞上了另一辆卡车。”

巴库在医院待了一个星期。

自打有了那辆卡车后，巴库就一直恨他妻子，不时地用那板球棒揍她。她也反击，不过是用舌头。在我印象里，巴库总是吵不过他妻子。

要把卡车倒进院子里可不是件容易事，巴库太太的责任是指挥倒车，她乐此不疲。

一天，她说：“好，男人，倒，倒，朝右拐一点，好，正好。噢，天哪！不，不，不，男人！停！你把栏杆撞倒了。”

巴库突然疯了一般，汽车猛地撞上了水泥栏杆，然后又不顾巴库太太的大呼小叫继续朝前冲，接着又倒车，把栏杆整个儿撞垮了。

他怒气冲天，也不管在外面哭的巴库太太，走进自己的小房间，脱到身上只剩一条裤衩儿，趴在床上开始读《罗摩衍那》。

卡车并不赚钱，为了揽活儿巴库还得招聘装卸工。在那帮正要涌进西班牙港的又黑又高的格林纳达岛民中，他挑了两个矮个儿。他们管巴库叫“老板”，管巴库太太叫“夫人”，倒是挺好听。但每当看到这两个穿着破衣烂衫、戴着压得不成形的毡帽的人无忧无虑地趴在卡车车厢里时，我就会想，他们是不是完全不知道自己正身处险境，也不知道大家在为他们担惊受怕。

现在巴库太太开口闭口就是这两个人。

她会伤心地对我母亲说：“后天我们要付那两个工人工钱。”两天后她又会说：“今天我们付工人工钱了。”好像到了世界末日一般。用不了多久她又会难过地跑来对我母亲说：“后天我们还得付工人工钱。”

付工人工钱——一连几个月我好像没听到过其他什么事。这几个词在街上已经家喻户晓，成了习语。

周六博伊会对埃罗尔说：“我们去罗克西看演出吧。”

埃罗尔会翻出衣袋说：“我不去了，伙计。我付工人工钱了。”

哈特说：“好像巴库买卡车就是为了给工人付工钱的。”

终于，卡车不见了，那两个装卸工也不见了。我不知道他们是怎么了。就在别人的卡车开始赚钱时，巴库太太却把卡车给卖了。他们买了辆出租车。但那时出租车生意竞争很激烈，跑八英里只收十二分，刚够付油费。

巴库太太对我母亲说：“那辆出租车赚不了钱。”

于是她又买了一辆出租车，还雇了一个司机。她说：“两个总比一个强。”

巴库读《罗摩衍那》的时间更多了。

就连这也让街上的人反感。

哈特说："听听他们俩，女的操着那嗓门，男的念念有词地唱着该死的印度歌。"

再看看那场面。又矮又胖的巴库太太，站在院子里的水龙头边上对她丈夫大喊大叫。他穿着裤衩儿趴着，忧愁地哼着《罗摩衍那》。突然，他跳了起来，一把抓过墙角那根板球棒，冲了出去，对着巴库太太一顿狠揍。

随后是持续了几分钟的平静。

然后只剩下巴库的声音，他独自唱着《罗摩衍那》。

但巴库太太仍然以自己的丈夫为荣。只要听听下面的斗嘴，就能看出巴库仍然主宰着他妻子。

摩根太太会说："昨晚我听见你老公说梦话了，说得好响。"

"他不是在说，"巴库太太说，"是在唱。"

"唱？哈哈哈哈！你知道吗，巴库太太？"

"什么，摩根太太？"

"如果你老公为晚饭唱祷告的话，你们俩会饿死的。"

"你听着，他知道的东西比这条街上的哪个蠢货都多。他能读会写，英语、印地语都会。你怎么蠢到连《罗摩衍那》是本圣书都不知道？你要是能听得懂他唱的东西，就不会像现在这样胡说八道了。"

"那么今天早上你老公好吗？最近是不是又在修什么新车了？"

"你听着，我可没工夫跟你嚼舌头。他知道怎样修车。我倒奇怪怎么没人告诉你你老公到哪里去修他所谓的花炮。”

巴库太太总是吹嘘巴库一个月能读两三遍《罗摩衍那》。“有些部分他都能背出来了。”她说。

但这并不怎么顶事，因为这赚不了钱。她给第二辆出租车雇来的司机一直在糊弄他们。她说：“他可把我坑惨了。他说出租车挣不了几个钱，倒是我还欠他呢。”她把司机解雇了，车也卖了。

她使出浑身解数来挣钱。她开始养鸡，不料好一些被偷了，剩下的又被街上的狗追得到处乱窜，而且巴库也讨厌那味道。她开始卖香蕉和橘子，但这与其说是为了挣那点小钱，还不如说是自娱自乐。

我母亲说：“巴库干吗不出去找份工作？”

巴库太太说：“你为什么想要这样呢？”

我母亲说：“不是我想要这样。我是为你着想。”

巴库太太说：“你忍心看到他和西班牙港这地方粗野蛮横的家伙们一起工作吗？”

我母亲说：“可他总得干点什么呀。人们总不会付钱给一个钻在机动车下或者唱《罗摩衍那》的人。”

巴库太太点点头，看上去有些难过。

我母亲说：“瞧我说的！你确定巴库懂《罗摩衍那》吗？”

“我完全确定。”

我母亲说：“那好，这就好办了。他是个婆罗门，他知道《罗摩衍那》，他还有辆车。他很容易成为一个梵学家，一个货真价实的梵学家。”

巴库太太拍起手来。“这主意太棒了。印度梵学家现在可赚钱了。”

就这样，巴库成了一个梵学家。

他仍然爱摆弄他的车。他不能再用板球棒打巴库太太了，但他很快活。

我总忍不住想到一个画面：圣带缠腰的梵学家巴库在车底下蠕动着，或者摇着曲柄发动车子，而什么地方正有贫困的印度教徒等着他去安抚灵魂。

谨慎

直到一九四七年，博勒才相信战争已经结束，那之前他常常说：“那仅仅是宣传，只是用来欺骗黑人的谎言。”

一九四七年，美国人开始拆除乔治五世公园里的兵营，许多人为此感到失落。

一个周日，我去找博勒，他一边给我剪发，一边说：“听说战争结束了。”

我说：“我也听说了，可还是有些怀疑。”

博勒说：“我明白你的意思。那些人是宣传的行家，但我是这样看待的，如果他们要继续打仗，就会保留那些兵营的。”

“可他们拆除了兵营。”我说。

博勒说：“确实。二加二等于几？告诉我，等于几？”

我说：“四。”

他若有所思地为我剪了会儿头发。

然后说：“好，我很高兴战争结束了。”

理完发，我一边付钱一边说："你认为我们现在要做什么？你觉得我们要去庆祝一下吗？"

他说："别着急，伙计。别着急。这是件大事，我还得好好想想。"

于是这事就不了了之了。

我还记得那个晚上，当停战的消息传到西班牙港时，人们疯狂不已，街上就像在过狂欢节。一首新的卡里普索小调不胫而走，街上的每个人都随歌而舞：

日日夜夜，玛丽·安小姐
伴着男友漫步河边。

博勒看着舞蹈的人们，说："愚蠢！愚蠢！黑人怎么这么愚蠢？"

我说："可你没听见吗，博勒先生？战争结束了。"

他吐了口唾沫说："你知道什么？你去打仗了？"

"可收音机已经播了，我也在报纸上看到了。"

博勒大笑。他说："任何人都会把你当孩子看。你自以为长大了，但你居然还相信报纸上的一切？"

这话以前我也听过。博勒活了六十年了，他发现的唯一真理就是：不能相信报纸上的任何东西。

这是他全部的哲学，但这并没有使他高兴。他成为这条街上最悲伤的人。

我认为博勒生性就是悲伤的。十一年来，我每周至少见他一次，但除了冷笑，我从未见他笑过。他个子高挑，不胖不瘦，却面带苦相，嘴角下撇，眉毛下挂，两眼大而无神。

令我吃惊的是，博勒不做理发师后还能维持生活。我猜他是一个登记在册的搬运工，他的手推车是我见过的最小的。

那不过是两个轮子上架了一个小盒子，他独自推着。那高大的身躯，带着一副听天由命、无所谓的架势，让你觉着他这么做是何苦呢。小车上只装了两三包面粉或糖。

每逢周日，博勒又变回理发师。如果他有什么值得骄傲的事，那就是会理发。

博勒经常对我说："你知道塞缪尔吗？"

塞缪尔是我们这儿最成功的理发师。他很富有，每年都会花一周时间去度假，而且喜欢让每个人都知道这事。

我说："嗯，我知道塞缪尔。可我一点儿也不喜欢他碰我的头发。他根本不会理发，只会在我头上乱抓一气。"

博勒说："你知道是谁教会塞缪尔理发的吗？知道吗？"

我摇了摇头。

"我，是我教塞缪尔的。他刚开始学理发时，连自己的胡子还不会刮呢。他哭着求我说，'博勒先生，博勒先生，教我怎么给人理发吧，我求你了。'好，我教了他，瞧他现在怎样了，嗯？塞缪尔是越来越发达了，而我仍旧住在这间破烂的老房子里。塞缪尔有一间专门理发的屋子，而我还得在那棵芒果树下露天理发。"

我说："可是在外边挺好的呀，比在闷热的屋子里坐着好。不过你平时为什么不给人理发呢，博勒先生？”

“哈，孩子，这是个大问题。事实是，我就是信不过自己。”

“不对。你理发理得非常好，比塞缪尔强。”

“我倒不是这个意思，孩子。当一个人坐在你面前的椅子上，你呢又不喜欢这个人，手里还捏着一把剃刀，这个时候什么怪事都可能发生。这些天，我只在喜欢一个人的时候给他理发，我可不愿意随随便便给谁理发。”

尽管在一九四五年时，博勒并不相信战争已经结束，但在一九三九年，他是最大惊小怪的人之一。当时西班牙港仅有的三份报纸，《特立尼达卫报》《西班牙港新闻报》和《晚报》，他每期都买。战争爆发后，《晚报》开始发行特刊，他也买。

那些日子里，博勒老说：“有许多人自以为可以摆布别人的生活，他们以为我们穷，我们就无知。可我偏不信这个邪，你们听着，我会每天坐下来读报纸，天天这么做。”

博勒对《特立尼达卫报》特别感兴趣，有段时间，他每天都要买下二十多份。

《卫报》正举行一种叫“失踪的球”的有奖游戏。他们在报上印出足球比赛的图片，但不标出球的位置。你只要用“X”标出球的位置，就有机会赢一大笔钱。

标注这个失踪的球便成了博勒最大的乐趣之一。

起初每一周，博勒都很高兴地给《卫报》寄上一份标有“X”

的报纸。

对我们大家来说，这是一周中最激动人心的事。

哈特常说："博勒，我打赌，你一旦赢了钱，就会忘了我们大家。你会离开米格尔街，在圣克莱尔大道买栋大房子，伙计，是吧？"

博勒说："不，我不会留在特立尼达，我想走，去美国。"

博勒开始标两份X图了。然后三份、四份、六份。他没有赢到一分钱，人却变得越来越暴躁。

他总是说："你们听着，这是一个巨大的恶作剧，那些办报纸的家伙早就预谋好了，他们已经定下了谁会拿这个奖，他们只想把所有黑人的钱骗到手。"

哈特说："你不要灰心，再认真地试一次就行。"

博勒买了一沓坐标纸，放在印着"失踪的球"图片的报纸上面，然后在每条线的交叉处，他都标上一个"X"。为了做好这事，博勒不得不每周买一百到一百五十几份的《卫报》。

有时博勒会叫博伊、埃罗尔和我过去，说："现在，孩子们，你们认为那个失踪的球在哪儿？瞧，我要你们闭上眼睛，用这支铅笔标出它的位置。"

有时博勒会问我们："这星期你们梦到过什么没？"

如果你说你什么都没有梦到，博勒就会非常失望。我常常会编几个说说，博勒就会来解梦，把它们和失踪的球联系上。

大伙儿开始叫博勒"失踪的球"。

哈特常说："瞧那丢了球的家伙。"

有一天，博勒走进了《卫报》办公室，在警察赶到之前，狠狠地揍了一个助理编辑一顿。

在法庭上，博勒说："你们听着，那个球根本就没有失踪，因为它从来就不在那儿。"

博勒被罚款二十五元。

《新闻报》登出一则消息：

"失踪的球"一案

行凶者被罚

尽管博勒花了将近三百元试图标中失踪的球，但是他连个安慰奖都没得到。

在法院结案后不久，博勒就停止了日常的理发，也不再看《卫报》。

我记不得博勒为什么不再看《晚报》了，但我知道他为什么不再看《新闻报》。

战争期间，西班牙港有一阵子出现了非常严重的住房紧缺。一九四二年，一名声称能救济无房户的慈善家出现了，他说他预备启动一个建房互助计划，愿意参加这项事业的人，只要存入两百元作为基金，一年后他们就可不花一分钱得到一栋崭新的房子。一些重要人物都支持这个新计划，还举行了许多的宴会，为这个项目创下了一个美好的开端。

这个项目投入了大量的广告，据说有五六栋楼盘已经建成，并交付给了一些参加过宴会的人。报上刊登了多张人们手拿钥匙开门并迁入新居的照片。

博勒看了《新闻报》上的这些照片和广告后，掏了两百元。

一九四三年，建房互助会的负责人失踪了，和他一起消失的还有两三千栋梦想中的住宅。

博勒从此不再读《新闻报》。

那年十一月的一个周日，博勒向我们这帮坐在芒果树下等着他理发的人宣布了一则声明。

他说："现在我告诉大家一些事情。请上帝为我作证，如果我违背了我的誓言，那就让我的两只眼睛瞎掉。听着，从今天起，我不会再看报，哪怕我学会了中文，我也绝不看中文报纸，你们听清了吗？你们不要相信报纸上的任何东西。"

当时他正在给哈特理发，哈特听完后立刻站起身离开了。

后来哈特说："你们知道我在想什么吗，我想我们再也不能让博勒理发了。你们懂的，这家伙真的把我吓着了。"

我们不必好好琢磨哈特的决定，因为几天后，博勒就来告诉我们说："我会一个一个地拜访你们这帮家伙，因为那将是你们最后一次看到我。"

他看起来十分沮丧，我感觉他就要哭出来了。

哈特说："这下你要做什么？"

博勒说："我要离开这个岛，永远不再回来。这儿到处是该死的骗子。"

埃多斯说："博勒，你会带走小推车吗？"

博勒说："不会，怎么，你喜欢它？"

埃多斯说："我在想，对我来说，它似乎挺不错的。"

博勒说："埃多斯，车归你了。"

哈特说："你去哪儿，博勒？"

博勒说："以后就知道啦。"

那天晚上，他离开了我们。

埃多斯说："你们认为博勒是疯了吗？"

哈特说："不。他是去委内瑞拉了。他之所以保守秘密，是因为委内瑞拉的警察不喜欢从特立尼达过去的人。"

埃多斯说："博勒真是个好人呀，他走了我很难过。你们知道，有些人还对博勒留下的小推车眼红呢。"

当天晚上，我们去了博勒的小屋，把他留下的所有有用的物品一扫而光，不太多，就一小块油布，两三把旧梳子，一把弯刀，一条板凳。我们都很伤心。

哈特说："这个国家的人对可怜的博勒的确不怎么样，我不怪他离开。"

埃多斯很实际地环顾房间，说："但是，他把所有的东西都带走了，伙计。"

第二天下午，埃多斯宣布："你们知道那辆小推车我换了多少钱？两元！"

哈特说："这事你做得太他妈急了，知道不，埃多斯。"

然后，我们就看见博勒本人在米格尔街上走着。

哈特说："埃多斯，你有麻烦了。"

埃多斯说："是他自己给我的，又不是我偷的。"

博勒看起来比任何时候都更疲倦更沮丧。

哈特说："怎么了，博勒？你创纪录了，伙计。别跟我说，你去了一趟委内瑞拉，又回来了。"

博勒说："该死的特立尼达人！该死的特立尼达人！我不明白为什么希特勒不来这儿，炸死岛上那些婊子养的。他炸错人了，你们知道吗！"

哈特说："坐下吧，博勒。告诉我发生了什么事。"

博勒说："现在不行。我有些事要先去办一下。埃多斯，我的小推车呢？"

哈特笑了。

博勒说："笑什么，我不明白有什么好笑的。小推车呢？埃多斯，你以为你能做出那样的推车？"

埃多斯说："你的小推车，博勒？可是你已经给我了。"

博勒说："我要你把它还给我。"

埃多斯说："我把它卖了，博勒。瞧这两元钱，是我卖了赚的。"

博勒说："你出手可真快，伙计。"

埃多斯站了起来。

博勒说："埃多斯，有一件事我求你以后别再做了。听着，埃多斯，当我求你了，别再找我理发了，我都不相信自己。去把我的那辆小推车买回来吧。"

埃多斯嘟哝着离开了。"这个世界真可笑，还真有人把一辆小推车看得那么重。它能跟我的蓝色清洁车一样吗？"

博勒说："如果我能亲手抓住那个拿了钱却没把我送去委内瑞拉的孬种，我一定要给他点颜色看看。你们知道那人干了什么吗？他开着摩托艇带我们兜了一晚上，然后把我们扔在了一片沼泽地，说到委内瑞拉了。我碰见一些人，就和他们说西班牙语，但他们摇着头大笑。你们知道怎么回事吗？他还是把我们搁在了特立尼达，距离拉布雷亚不过三四英里。”

哈特说：“博勒，你还不知道你有多幸运呢。有些这样的人会把你杀了，然后抛尸野外，伙计。他们可不想惹上委内瑞拉的警察。要知道，去委内瑞拉是违法的。”

打这之后，我们很少见着博勒。埃多斯设法找回了那辆推车，让我转交给博勒。

埃多斯说：“你知道黑人在这个世界上为什么就过不好吗？当时你也在场，他自己给我的，现在又让我还给他。就给他吧，告诉他，埃多斯让他见鬼去吧。”

我对博勒说：“埃多斯说很抱歉，让我把这辆小推车送回来。”

博勒说：“你了解黑人是怎么样的，他们拿别人东西的时候手很快，轮到给别人点什么就不情愿了。这就是黑人过不好的原因。”

我说：“博勒先生，我也拿走了一件东西，但我送回来了。就是那块油布，我拿给我妈了，可她让我拿回来。”

博勒说：“不要紧。对了，孩子，这些天谁给你理发的呀？你的头看起来像只鸡窝。”

我说：“是塞缪尔给我理的，博勒先生。我告诉过你，他根本不会理发。你瞧他把我的头理成什么了。”

博勒说：“周日过来吧，我给你理。”

我犹豫了。

博勒说：“你在害怕吗？别傻了，我喜欢你。”

于是周日我过去了。

博勒说：“你的功课怎么样啊？”

我不想说大话。

博勒说：“我想让你帮我做点事，但又不确定该不该找你。”

我说：“交给我办吧，博勒先生。我愿意为你办任何事。”

他说：“不，别急。等你下次过来时我再告诉你。”

一个月之后，我又去博勒那儿，他说：“你识字吗？”

我向他保证说识。

他说：“好吧。我要做一件秘密的事，我不想让任何人知道。你能保守秘密吗？”

我说：“是的，我能保守秘密。”

“我这样的老头子也没剩多少时日了，”博勒说，“我这样孤零零的老头子活着总该图点什么吧，所以我要告诉你下面这件事。”

“什么事呀，博勒先生？”

他给我剪头发的手停下来，从裤子口袋里掏出一张打印纸。

他说：“你知道这是什么吗？”

我问：“一张彩票。”

“是的。你真聪明，孩子。的确是张彩票。”

我说：“可是你让我帮你做什么呢，博勒先生？”

他说：“首先你必须向我保证不告诉任何人。”

我向他做了保证。

他说：“我想让你帮我看看这张彩票是不是中了。”

六周后开奖了，我去看博勒的彩票中了没有，然后我告诉他：“你的号码没有中，博勒先生。”

他问道：“连二等奖也没中吗？”

我摇摇头。

但博勒并不失望。“果然不出所料。”他说。

差不多有三年的时间，这一直是我们之间的秘密。在这些日子里，博勒买了每一期的彩票，但没有一张中过。没有人知道这事，甚至连哈特和别的人都对他说："博勒，我觉得有件事你该去试一下。你干吗不去买买彩票？"博勒总回答："我早就不干这种事了，伙计。"

一九四八年圣诞节期间，博勒的号码中奖了。不过不多，只有三百元左右。

我跑到博勒的屋子里，对他说："博勒先生，你中奖了。"

博勒的反应完全出乎我的预料，他说："瞧，孩子，你现在倒是能耐大了。你可别把我惹毛了，否则看我不揍扁你。"

我说："可你真的是中奖了，博勒先生。"

他问："你他妈的怎么知道的？"

我说："我看报纸了。"

一听到这儿，博勒真的生气了，他一把抓起我的衣领，尖声嚷道："我告诉过你多少次了，你这个没用的小杂种，绝不要相信报上的任何东西。"

我只能向特立尼达赛马俱乐部核实。

我告诉博勒："这是真的。"可他拒绝相信我。

他说："这些特立尼达人就会撒谎、撒谎。他们就知道骗人。他们骗得了你，可骗不了我。"

我把这事告诉了街上的人："博勒彻底疯了。这人中了三百元，可就是不信他中了。"

一天，博伊对博勒说："喂，博勒，你到底还是中了彩票呀。"

博勒追着博伊，大吼道："你这蠢货，竟敢嘲笑一个可以当你爷爷的人。”

再看见我时，他说：“你就是这样保守秘密的？就这样保守秘密？你们这帮特立尼达人怎么都这样，嗯？”

之后博勒把他的小推车推到埃多斯屋前，说：“埃多斯，你不是想要我的小推车吗？给你，拿去吧。”

接着，他拿起弯刀把小推车砍得稀烂。

他又对着我喊道：“人人都以为我好愚弄。”

然后他掏出彩票，把它撕碎，冲到我面前，硬是把那些碎纸片塞到我的衬衣口袋里。

后来，他孤零零地在他的小屋里待着，很少出门来到街上，也不再和谁说话。每月唯一出来的那次，就是去领养老金。

直到来了大兵

爱德华是哈特的兄弟，多才又多艺。我总认为他疏远我们是件很可惜的事情。我刚认识他那会儿，他还常帮哈特喂牛，他也像哈特一样，看上去沉稳乐观。他说他再也不玩女人了，他把全部精力都放在了板球、足球、拳击、赛马和斗鸡上面。这样他就不觉得枯燥了。他也没有什么大志向可烦恼的。

和哈特一样，爱德华也很崇尚美，但他并不像哈特那样养各种羽毛美丽的小鸟。爱德华画画。

他最爱画的是一只棕色的手握着一只黑色的手。他要画一只棕色的手时，画的就只是一只棕色的手，没有光影什么的。他画的大海就是一片蓝色，群山就是一片绿色。

爱德华会自己把画装裱起来，加上红色的画框。他的作品在一些大商店，比方说萨弗托利、福格蒂和约翰逊都有卖。

但对米格尔街来说，爱德华却是个危险分子。

他要是看见摩根太太穿着新衣服，就会说：“嘿，摩根太太，你穿的这件衣服真漂亮，不过我想上面还可以加点装饰。”

他要是看见埃多斯穿着新衬衫，就会说：“啊哈，埃多斯，你穿了新衬衫呢，伙计。你最好在上面写个名字，否则被人拿走了你都不知道。我替你在上面写个名字吧。”

就这样，他毁掉了许多衣服。

他还有个习惯，就是把他画了图案的领带拿来送人。他常说：“我有件东西要送你，拿到后别忘了打上。我是因为喜欢你才给你的。”

要是那人没打他送的领带，他就会大发雷霆。“黑人真没良心。听着，那伙计没有打我送的领带。我坐车到城里，进约翰逊商店，找到男士服务部，碰上一个姑娘，买了一条领带，然后我再坐车回来，走进房间，拿起画笔，打开颜料瓶，把笔蘸上颜料，再在领带上画。我花了两三个小时去画，忙乎了这半天，那家伙却不打那领带。”

除了绘画，爱德华还张罗了其他许多事情。

我到这条街上没几个月的时候，有一天爱德华说：“昨天晚上我搭公共汽车从科克里特回来，路上听见汽车轮子碾在螃蟹背上的声音。你们知道那个附近有椰子树和沼泽地的地方吗？那地方满地都爬着螃蟹。有人说这些螃蟹甚至还往椰子树上爬呢。”

哈特说：“满月前后确实会有许多螃蟹出来。我们今晚就去抓爱德华看到的那种螃蟹。”

爱德华说：“我也是这么想的。最好再带上些小家伙，那个地方螃蟹多极了，他们就是捡也能捡到很多。”

于是我们这些小男孩被召集到了一起。

爱德华说："哈特，我想到一件事。要是我们带上把铁锹，抓起螃蟹来不是更容易吗？那地方螃蟹多得不得了，只要一铲就行了。"

哈特说："好哇。我们去牛棚取铁锹。"

爱德华说："就这么定了。不过，你们穿的鞋子是不是都够牢呀？你们最好穿牢一点的鞋子，那些螃蟹可不是闹着玩的，一个不小心，它们就会把你们的大脚趾钳跑的，到时候后悔可就来不及了。"

哈特说："我就用我打扫牛棚时穿的护腿。"

爱德华说："我们最好再戴上手套。我认识一个人，有一天他正抓螃蟹呢，突然发现他的右手离开他走了。他定睛一看，才发现原来有四五只螃蟹把他的那只手钳跑了。那老兄急得大跳大叫。所以我们还是小心点为好。你们这群小家伙要是没有手套的话，就用些布把手裹上。这样就没事了。"

那天深夜我们一起爬上去科克里特的公共汽车。哈特和爱德华都穿着护腿，我们其他人拿着弯刀和棕色的大麻袋。

哈特带的那把铁锹还散发着牛棚的臭味，车上的人都捂住了鼻子。

哈特说："就是要让他们闻闻。他们嫌牛身上的气味，但都还要喝牛奶。"

车上的人瞥了一眼护腿、弯刀、铁锹和麻袋，便把目光移开了。他们停止了谈话。售票员没有让我们买票。车上静悄悄的，还是爱德华首先打破了沉默。

爱德华说："我能不用弯刀就不用。杀生总归不太好。最好抓活的放进麻袋里。"

许多人在下一站下了车。汽车开到穆库拉普路时，上面只剩下了我们。售票员站在车厢前头和司机说话。

快到科克里特终点站时，爱德华突然说："哦，天哪，我想我忘了一件事情。我们到时候总不能让公共汽车把螃蟹拖回去吧。我得去打个电话叫辆搬运车。"

他提前一站下了车。

我们在皎洁的月光下走了一段路，然后离开马路爬到了下面的沼泽地里。一阵微风从大海那边吹来，到处都弥漫着海水的陈腐气味。椰子树下一片漆黑。我们又往里走了一小段。一片云遮住了月亮，风也停了。

哈特喊了一声："你们小家伙没事吧？小心脚啊。我可不想你们当中哪个回家时只剩了三个脚指头。"

博伊说："怎么我没看见有螃蟹呀？"

十分钟后爱德华追上了我们。

他说："你们装满几袋了？"

哈特说："看来有人先我们一步，把螃蟹抓光了。"

爱德华说："瞎说。你没看见月亮还没出来吗？我们在这里等一会儿，等月亮出来了，螃蟹就会出来的。坐下，孩子们，我们等一会儿。"

有半个小时，月亮都被云彩遮着。

博伊说："我有点冷，想回家。我看这里根本就没有什么螃蟹。"

埃罗尔说："别听博伊的。我知道他。他是怕黑，怕螃蟹咬他。"

就在这时，我们听见远处传来隆隆的响声。

哈特说："好像是搬运车来了。"

爱德华说："不是搬运车。我从山姆那里叫来了一辆大卡车。"

我们默不作声地坐着等月亮出来。突然有十几支手电筒朝我们照来。有人吼道："别惹事儿。你们哪个要是耍滑头，就会狠狠挨顿揍。"

我们发现围着我们的好像是一队警察。

博伊哭了起来。

爱德华说："有人在打老婆，有人在破门偷东西。你们警察有时间怎么不去做点正经事？来这儿消遣吗？"

一个警察说："你说什么呢？是想让我在你嘴里吐口痰吗？"

另外一个警察说："袋子里装的是什么？"

爱德华说："只是螃蟹。我说，你们可得小心点。这些螃蟹可大了，它们会把你们的手咬掉的。"

没人敢往那些袋子里看一眼，有一个肩章上带很多条道道的人说："这些日子你不管问坏人什么话，他都有办法应对，就像美国佬一样。"

一个警察说："他们带着口袋、弯刀、铁锹和手套。"

哈特说："我们在抓螃蟹。"

那个警察又说："用铁锹抓螃蟹？呦，新鲜呀。你们听说过用铁锹抓螃蟹的吗？"

我们费了番口舌才让那些警察相信了我们的话。

那个头头说："我真想把那个打电话来的狗崽子揍一通，他说你们要杀人。"

那帮警察终于离开了。

天太晚，我们没赶上末班车。

哈特说："我们最好等一下爱德华约的那辆卡车。"

爱德华说："我有一种预感，那车不会来了。"

哈特半开玩笑半认真地慢慢说道："爱德华，你是我的亲兄弟，但你真是个狗娘养的。"

爱德华一屁股坐在地上大笑了起来。

后来开始打仗了。希特勒入侵了法国，美国人入侵了特立尼达。茵维德大人编了一首很流行的小调：

我和体面的老婆过得心满意足，
直到来了美国兵毁了我的生活。

有史以来第一次，特立尼达人人都有了工作。美国人付的工钱相当丰厚。茵维德唱道：

父亲、母亲和女儿
都在为美元工作！
这块土地上的货币！
是美国币！

爱德华丢下牛棚的工作不干了，他在查瓜拉马斯的美国人那里找了份差事。

哈特说："爱德华，我觉得你这么做是很愚蠢的。美国人不会永远待在这里的。现在为了挣上一笔不顾一切，三四年后就会没饭吃，这样做是很不明智的。"

爱德华说："这场战争看来要打很长时间。美国人可不像英国人，这你们是知道的。虽然他们让你玩命干活，但他们真的会给报酬。"

爱德华把他的那一部分牛卖给了哈特，这标志着他开始和我们疏远。

爱德华完全向美国人投降了。他穿起了美国式样的衣服，嚼起了口香糖，讲话也尽量往美国腔上靠。除了周日，平时我们很少能看见他，他让我们感到渺小和自卑。他对衣着越来越讲究，还戴了一条金项链，并且学着网球运动员的样子戴起了护腕。护腕这东西才刚刚在西班牙港的时髦年轻人当中流行起来。

爱德华并没有放弃绘画，但也不再主动为我们画画了。我想这点对大多数人来讲倒是个解脱。他参加了一个什么广告海报比赛，但连个安慰奖都没拿到，于是他真的对特立尼达生气了。

有个周日他说："我真傻，我干吗要把自己两只手画的东西拿去给特立尼达人评判。他们懂什么？换作是在美国，情况可就不同了。美国人才是人，才是真正在行的人呢。"

听爱德华讲话的口气，你会觉得美国是个巨人居住的庞大国家。这些巨人住在硕大无比的房子里，开着世界上最大的汽车。

爱德华常常说："瞧瞧米格尔街这副模样。美国可没有这么窄的街道。这条街在美国只够做人行道。"

一天晚上我和爱德华一起去码头，那是美国兵营的所在地。隔着铁丝网能看见一个露天电影院的巨大屏幕。

爱德华说："你想想，他们在特立尼达这么个破地方都能造出这样的电影院，美国的电影院就可想而知了。"

我们又朝前走了一阵子，来到一个岗亭前，里面站着个哨兵。

爱德华用他最好的美国口音说："大兵，有情况吗？"

我没想到那个戴着头盔、面相很凶的哨兵竟回答了爱德华的话，而且没过多久，爱德华就和他聊得火热，两人嘴里的脏话一个比一个多。

回到米格尔街后，爱德华变得趾高气扬，他对我说："告诉他们，让他们知道知道我和美国人的交情。"

他碰见哈特时又说："那天晚上我和一个非常要好的美国朋友聊天，他对我说一旦美国人介入，这场战争就会马上结束的。"

埃罗尔说："我们可不想这样赢。只要大家选安东尼·艾登大人当首相，战争就会很快结束的。"

爱德华说："闭嘴，小东西。"

然而爱德华最大的变化，要数他开始谈论女人了。在此之前他一直说他和女人再也没有瓜葛了。他说很久以前他的心曾被女人伤透了，那时他发过誓。不过到底是怎么个伤心事大家也不清楚。

可是现在每逢周日，我们看见爱德华时，他总要说："你们应该到那个基地上看一看，那里的女人可机灵啦，哪像特立尼达的女人那么笨。那儿都是些时髦女人，档次高着呢。"

我记得埃多斯这么说了一句："你别想入非非了，那些娘们儿不会和你有什么瓜葛的。她们只要那些个头很大的美国佬。没你的事。"

爱德华骂了埃多斯一声“小虾米”，便怒冲冲地走了。

他开始练习举重，在这方面，他又跑在了时尚的前头。我不知道那时的特立尼达是怎么回事，但所有的年轻人都对健美产生了兴趣，几乎每个月都有健美比赛。哈特总安慰自己说：“别慌。不过是一眨眼就过去的事情，我见多了。他们说是在练肌肉，等冷静下来就会明白这是怎么一回事。被他们称作肌肉的东西将来都会变成脂肪的。”

埃多斯说：“我还没见过这么滑稽的场面呢。现在在菲利浦街的乳品店里，到处都能看见一队队黑乎乎的男人坐在柜台前大瓶大瓶地喝着白花花的牛奶。为了炫耀粗壮的胳膊，他们都穿着无袖运动衫。”

过了不到三个月，爱德华穿着一件无袖运动衫出现在我们中间。他变得比以前结实多了。

很快，他谈起了基地上那些追求他的女人。

他说：“我不知道她们看上我什么了。”

有人建议组织一次当地人的才艺表演，爱德华说：“别笑死人了。特立尼达有什么懂才艺的人？”

第一场演出在电台转播了，我们大家在埃多斯的屋里收听了整个过程。爱德华始终笑个不停。

哈特说：“你为什么不自己去唱唱看？”

爱德华说：“给谁唱？特立尼达人吗？”

哈特说："帮他们一把吧。"

出乎大家的预料，爱德华还真的唱了起来。终于，哈特忍无可忍地说："我再也不能和爱德华住一间屋了，我想他该搬出去住了。"

爱德华真的搬出去了，但搬得并不太远，还是在米格尔街上。

他说："这也不错。我受够了牛膻味。"

爱德华参加了一场才艺表演。我们本都指望他多少会得个奖。那场演出是由一家饼干公司赞助的，我记得比赛的第一名得到了一笔钱。

"他们还给另外几个人发了三十一分钱一包的饼干。"哈特说。

爱德华也得到了一包饼干。

他没把饼干带回家，而是把它扔了。

他说："我把它给扔了。我为什么要把它扔了？这正是我要告诉你们的。特立尼达人不识货。他们生来就笨头笨脑。在基地，美国人都求我给他们唱歌。他们知道什么东西好，什么东西次。那回我在基地一面干活一面唱歌，上校走过来说我嗓子真好。他还邀我去美国呢。"

哈特说："那你为什么不去呢？"

爱德华恼怒地说："总得给我点时间吧！我总得等一等看一看再做决定吧！"

埃多斯说："那些追求你的娘们儿怎样啦？她们是追上你了呢，还是把你晾在一边了？"

爱德华说："喂，听着，我可不想跟你过不去。你还是行行好，把嘴闭上吧！"

爱德华带美国朋友上家里来时总是装作不认识我们。他和那些美国人走在一起时，老学他们的样子把手臂晃来晃去，看上去活像只大猩猩，特别滑稽。

哈特说："他把挣来的钱都花在了朗姆酒和姜汁酒上，去讨好那些美国人。"

我猜，我们都多少有点妒忌他。

哈特开始放话说："找份和美国人一起工作的差事并不难。我只是不想让别人管着罢了，就是这样。我喜欢自己当头头。"

爱德华已经很少和我们混了。

一天他拉长着脸找到我们，说："哈特，我好像得结婚了。"

他说这话时操着特立尼达口音。

哈特看上去有点犯愁。他说："为什么？为什么？你为什么非得结婚不可？"

"她怀孕了。"

"这叫什么话。要是个个都因为女人怀孕了就结婚，那不是乱套了吗？你是想和特立尼达人不同，但这又能怎么样呢？这样你就会成为美国人啦？"

爱德华把他那条美国式的紧身裤往上拉了一下，又像美国演员一样做了个鬼脸。他说："你是个很有办法的人，不是吗？那姑娘与众不同。当然我以前也谈过一两次恋爱，可这孩子不一般。"

哈特说："她靠得住吗？"

爱德华说："靠得住。"

哈特说："爱德华，你是个大人了。要不要和这个姑娘结婚，你应该自己拿主意。你为什么要过来让我逼着你和她结婚呢？你是个大人。你不一定非得征得我的同意后再做这做那嘛。"

爱德华离开后，哈特说："每次爱德华到我面前说谎时，他都像个小孩子。他瞒不了我。他要是和这个姑娘结婚——虽然我没见过她，也觉得这小子会后悔的。"

爱德华的妻子是个高个子白皮肤的女人，身材很瘦，面色很苍白，总像生了病似的。她每走一步似乎都很吃力。爱德华把她护得特别严，从不把她介绍给我们。

街上的女人们说三道四起来嘴巴可真够快的。

摩根太太说："那女人生来就是个惹祸的。我真为爱德华感到难过。他这是给自己找麻烦。"

巴库太太说："她就是那种摩登女性，光想让丈夫白天工作，回到家还要做饭、洗衣服和打扫房间，而她们自己只知道涂脂抹粉，扭着屁股招摇过市。"

哈特说："她哪儿怀孕了？我怎么看不出来？"

爱德华已经彻底从我们这个圈子脱离出去了。

哈特说："都是她害的。"

一天，哈特冲着马路对面的爱德华说："喂，过来一下。"

爱德华沉着个脸，用特立尼达腔问道："什么事情？"

哈特笑了一下说："那孩子怎么样了？什么时候出生？"

爱德华问："你问这个干什么？"

哈特说："要是我对自己的侄儿都不关心，岂不是要叫别人笑话我这个当叔叔的。"

爱德华说："她不生孩子。"

埃多斯说："这么说，是她编的谎喽？"

哈特说："爱德华，你撒了谎。你起先说她怀孕了。其实她没有怀孕，你是知道这点的。她根本就没有对你说她怀孕了，这一点你也很清楚。你要是想和那个女人结婚就结好了，干吗要撒谎呢？"

爱德华看上去很伤心。"实话跟你们说吧，我想她生不出孩子。"

当这个消息传到街上那些女人的耳朵里后，她们说的话和我母亲说的一样。

她说："你们在哪里见过脸色一会儿潮红一会儿苍白的人能生出孩子的？"

尽管我们没有证据，尽管爱德华家里还有美国人的喧闹声，我们还是感觉到爱德华和妻子的关系有点儿不对劲。

一个星期五，天快黑的时候，爱德华跑到我这儿说："放下你读的那些愚蠢的东西，找个警察来。"

我说："警察？我现在怎么去找警察？"

爱德华说："你会骑车吗？"

我说："会。"

爱德华说："你有车灯吗？"

我说："没有。"

爱德华说："用这辆车，没灯就凑合着骑吧。你一定要找到警察。"

我说："我找到警察后，对他说什么呢？"

爱德华说："她又要自杀了。"

我还没骑到阿里亚皮塔街就碰上了警察，不是一个而是两个，其中一个还是警官。他说："你想跑哪儿去，嗯？"

我说："我就是来找你们的。"

另一个警察笑了起来。

那警官对他说："他还挺机灵，我想法官听了这话也会喜欢的。挺新鲜，我也爱听。"

我说："快走吧，爱德华的老婆又要自杀了。"

那警官说："哦，爱德华的老婆怎么总要自杀？"说完他大笑起来，接着又说："这位爱德华夫人又要在哪儿自杀？"

我说："就在离这儿不远的米格尔街上。"

那警察说："你瞧他，真是挺聪明的。"

那警官说："是挺聪明。想让我们把他搁这儿，去找那个又要自杀的人！谁会听这小家伙胡说八道！你的自行车执照呢？"

我说："我说的是真话。我陪你们一起去，把那座房子指给你们看。"

爱德华正在等我们。他说："怎么这么长时间就只找来两个警察。"

那两个警察随爱德华进了屋，人行道上聚集了一小堆人。

巴库太太说："我早就料到了。我从一开始就知道会有这个结局的。"

摩根太太说："生活真有意思，要是我也像她一样不能怀孕就好了。哪有女人生不了孩子就要自杀的道理。"

埃多斯说："你怎么就知道她是因为这个要自杀的呢？"

摩根太太抖了抖肥厚的肩膀。"那还会为了什么？"

从那时起，我开始同情爱德华了，因为街上的那些男人和女人都不给他澄清事实的机会。不论爱德华在家里为美国人举办多少大型的聚会，只要埃多斯喊上两句，他的情绪便会受到影响——"伙计，你为什么不把你老婆带到美国去？你知道，美国医生可神了，什么病都能治好。"要是巴库太太建议她去阿里亚皮塔街尾的加勒比医院验验血，爱德华的情绪也会受到影响。

爱德华家里的聚会越来越野，也越来越奢侈了。哈特说："天下没有不散的筵席。爱德华这样只会害了自己。"

聚会当然没有使爱德华的妻子高兴起来。她看上去还是很虚弱，脾气还是那么不好。现在我们有时能听见爱德华扯着嗓门和她吵架的声音。这可不是我们街上常见的那种两口子间的争吵。爱德华的口气听起来很凶，但实际上都在竭力取悦妻子。

埃多斯说："我倒希望我娶的女人能那样。伙计，要是我的话，我会好生揍她一顿，把她调教得像竹竿一样笔直。"

哈特说："爱德华是自作自受。我相信他真的爱上那个女人了，真是愚蠢。"

哈特和埃多斯以及其他大人物还能和爱德华说得上话，可如果是我们这些孩子要和他搭讪，他非但没有耐心，还威胁要打我们，所以我们总是离他远远的。

可每次爱德华经过时，博伊总要大着胆子用美国口音傻乎乎地说："大兵，有情况吗？"

这时爱德华便会停下来，狠狠地盯着他，然后向他猛冲过来，嘴里还大骂着。他常说："你们看看特立尼达的小孩都成啥样了？你小子活得不耐烦了，屁股欠揍，是吧？"

一天，爱德华抓住博伊，挥起鞭子就打。

每打一鞭，博伊都要喊："别打了，爱德华。"

可爱德华越打越狠。

这时哈特跑了过来，说："爱德华，快把那孩子放下，否则这街上要出大麻烦的。把他放下，听见没有？你知道，我可不怕你的粗胳膊。"

街上的男人看不下去了，纷纷上来劝阻。

博伊脱身后对爱德华大嚷："你有本事就自己生个孩子来打啊。"

哈特说："博伊，你再说我就打你的屁股。埃罗尔，去给我折根结实的树枝来。"

那则消息是爱德华本人说出来的。

他说："她离开我了。"说话时一副满不在乎的样子。

埃多斯说："我真替你难过，爱德华。"

哈特说："爱德华，你这孩子啊，不是你的，强求不来的！"

爱德华好像并没有在听。

埃多斯得寸进尺地说道："我从一开始就不喜欢她，我觉得男人不该娶一个不会生育的女人。"

爱德华说："埃多斯，闭上你的小贫嘴。你也一样，哈特。别在那儿假惺惺。我知道你们有多难过！你们明里装难过，其实还不是在笑话我。"

哈特说："谁在笑话你？你有火要发，冲别人发去，别冲着我来。跑了老婆的男人也难怪会这样。茵维德的小调是怎么唱的——

> 我和体面的老婆过得心满意足，
> 直到来了美国兵毁了我的生活。

这不怪你，得怪美国佬。"

埃多斯说："你知道她跟谁跑了？"

爱德华说："我对你说过她和别人跑了吗？"

埃多斯说："没有，你没说过，这只是我的感觉。"

爱德华伤心地说："没错，她是跑了。和一个美国兵。我还给那家伙喝过好多朗姆酒呢。"

没过几天，爱德华便到处放风说："这是件好事。我可不想讨个不会生孩子的老婆。"

现在没人再嘲笑爱德华的一些美国做派了，我想我们都很乐意欢迎他回到我们的队伍中来。可他对此兴趣不大。我们很少在街上看见他，他只有在不工作时才出来散散步。

哈特说："他被迷住了，他还在找她。"

在茵维德大人编的那首小调中，歌手的妻子被美国人抢走了，当他恳求她回到他身边时，她唱道：

茵维德，我心意已变，

我和一个美国兵同居了。

这首小调成了爱德华遭遇的真实写照。

一次他怒气冲冲地回来，看上去脸色很不好。他说：“我这就离开特立尼达。”

埃多斯说：“你去哪儿？去美国吗？”

爱德华差点没给他一记耳光。

哈特说：“你是想就这么让一个女人毁掉你的生活吗？别搞得好像你是天底下头一个碰到这种事的男人。”

可是爱德华根本听不进去，执意要走。

到了月底，他把房子卖了，离开了特立尼达。我想他是去了阿鲁巴，要不就是库拉索，在一家荷兰大石油公司工作。

几个月之后，哈特说：“你们猜我听说了什么？爱德华的老婆给她的美国佬生了个孩子。”

哈特

哈特喜欢故弄玄虚。就拿他同博伊与埃罗尔的关系来说吧，他对人说他们是他的私生子，可有时他又说他也弄不明白究竟是不是，然后信口说他和爱德华曾经同时和一个女人同居过。有时他又说他们是他的儿子，是他和前妻生的。你要是听见哈特讲孩子们的母亲在临死之前是怎么将他们叫到床头，叮嘱他们好好做人的故事，你准保会哭的。

后来我发现博伊和埃罗尔其实是哈特的外甥。他们的母亲原先住在大桑格雷的灌木丛中，在她丈夫死后不久也去世了，于是他们就过来和哈特住了。

两个孩子对哈特一点也不尊重。他们从不叫他舅舅，只管他叫哈特。他们不在乎哈特捏造说他们是私生子。事实上，关于他们的身世，哈特怎么说他们就怎么附和。

我对哈特的第一印象，是他主动带我到运动场去看板球比赛。片刻之后我发现他还从附近的四五条街上挑了十一个男孩一起带去了。

我们排队站在售票处。哈特把我们的人数大声点了一遍之后说：“一张全票，十二张半票。”

许多人都投来了惊讶的目光。

卖票的说：“十二张半票？”

哈特低头看着自己的鞋子，说道：“十二张半票。”

我们十二个人在哈特的带领下鱼贯入场，到处找空位子，好不热闹。

有人喊道：“他们都是你的孩子吗，先生？”

哈特微微一笑，让人觉得真是这么回事似的。我们坐下后，他又指着我们大声点了一遍人数。他说：“我可不想回去后跟你们妈说弄丢了一个，让她寻死觅活的。”

那天是特立尼达队对牙买加队决赛的最后一天。格里·戈麦斯和莱恩·哈宾为特立尼达队立下了汗马功劳。当戈麦斯的积分达到一百五时，哈特兴奋得上蹿下跳，大声嚷道：“你们听着，白人就是伟大。”

这时，一个卖饮料的女人从我们前面走过。

哈特说：“你玻璃杯里的东西怎么卖？”

那个女人说：“六分一杯。”

哈特说：“我要批发价，给我十三杯。”

那女人说：“这些都是你的孩子？”

哈特说：“这有什么问题吗？”

最后那个女人卖给我们每杯五分钱。

当莱恩·哈宾的积分到八十九时，他被罚下了场，特立尼达人都开始起哄。

哈特愤愤不平。“被罚下场？被罚下场？他怎么会被罚下场呢？简直是抢劫。还是个特立尼达的裁判呢。天哪，现在就连裁判也拿贿赂了！”

那天下午哈特教会了我许多东西。我是听他说话才知道原来板球运动员的名字很好听。他看板球比赛时的兴奋和投入也感染了我。

我问他记分牌是怎么回事。

他说：“记分牌的左边记的是那些击完球的击球手的名字。”

我会记住这一点，是因为我原来还以为说击球手击完球其实是委婉地说他被罚下场了呢。

在比赛间隙喝茶的那会儿工夫，哈特显得特别激动。他到处拉人打赌。他手里挥着一张一元的票子跑来跑去，吆喝道：“一元对一先令，赌黑德利的得分不是双数。”要不就是：“一元，赌斯托梅尔会接住第一个球。”

裁判员出场时，我们当中的一个小男孩突然哭了起来。

哈特说：“你哭什么？”

那男孩哭着咕哝了一句。

旁边的一个男人喊道：“他需要个瓶子。”

哈特转过身劈头对着那个男人说了一句：“两元，赌今天下午牙买加队要输五个球。”

那男人说：“赌就赌，我看你那性急的样儿，肯定要输。”

他们请另一个男人帮他们拿着赌注。

那个小男孩还在哭个不停。

哈特说：“你看你这不是当众让我难堪吗？你想要什么就直接

说啊。”

男孩只是一个劲地哭。另一个男孩凑到哈特耳旁说了点什么。

哈特说：“噢，天哪！怎么会这样呢？正赶上他们出场的时候呀！”

他让我们站起来，然后领着大家离开看台，在运动场的马口铁栅栏前一字排开。

接着他说：“好，现在开始小便。快点尿，你们都快点。”

那天下午的板球赛精彩极了。包括大名鼎鼎的黑德利在内的牙买加队在三十一轮比赛中输掉了六个球。天色越来越暗，特立尼达队快速投球手蒂勒尔·约翰逊的发挥简直无与伦比，而且越打越快。

我们左边的一个胖老太太总冲着蒂勒尔·约翰逊大呼小叫，每次都还要转身对我们轻声说：“我认识蒂勒尔时他还是这么点高的孩子呢。我们总在一起玩弹珠。”说完又转过身去尖声叫喊。

哈特赢了赌注。

我很快就发现哈特身上的一个缺点，就是爱打不可能赢的赌。特别是在赛马场上，他输了很多钱，不过也有赢的时候，每次赢了钱他都会慷慨地拿出来，请我们米格尔街上的人吃一顿。

我从没见过像哈特这样享受生活的人。他做的事情既不新鲜也不伟大，事实上，他每天几乎都在做着同样的事情，但是对每一件事都乐此不疲。他还不时地把一些非常普通的事情弄出点花样来。

他有点像他的那条狗。那是我所知道的最温顺的阿尔萨斯狼狗。我发现米格尔街上的狗都有点像他们的主人。乔治的杂种狗瘦瘦的、脾气古怪，托尼的狗长得凶神恶煞，让人害怕。哈特的狗是我知道的唯一富有幽默感的阿尔萨斯狼狗。

这条阿尔萨斯狼狗的行为乍看起来很古怪。但如果你扔个什么东西让它去捡，它就变得活蹦乱跳。一天，在大草原公园，我把一个番石榴扔进了一片茂密的灌木丛中。它取不出来，气得又哼又叫。突然，它转过身来高叫着从我身边跑过。我一扭头，还没看清楚是怎么回事，它已经向灌木丛跑了回来。我没发现有什么异常，等再扭头时，正好看见它叼着另一个番石榴放到了灌木丛的后面。

我喊了它一声，它便吠叫着冲过来。

我说："去，伙计，去把那个番石榴捡来。"

它跑回灌木丛，探了探头又嗅了一下，然后冲进去叼回了刚才它自己放的那个番石榴。

我真希望哈特养的那些漂亮的鸟也有他的阿尔萨斯狼狗这么温顺。那些金刚鹦鹉看起来怒气冲冲的，就像一群爱斗嘴的老女人，见人就攻击。哈特的屋子因为它们变成了危险之地。金刚鹦鹉会冷不防在你小腿上这儿啄一口那儿咬一下。哈特试图让我们相信这些鸟是不咬他的，可据我所知它们也会咬他。

说来也怪，本来美好的事物到了哈特和爱德华手里就会变得危险可怕。比方说，爱德华的绘画，哈特的那些尖嘴金刚鹦鹉。

哈特总是给警察添麻烦，不过都是些鸡毛蒜皮的小事。比方说在这儿打一架啦，在那儿赌博啦，要不就是在别的什么地方酗酒，诸如此类。

但他同警察的关系并不差。事实上，每逢圣诞节，查尔斯警官总要带着邮递员和卫生检查员到哈特的住处喝上一杯。

查尔斯警官说："我也是没法子呀，为了糊个口。你是知道的，哈特。不用别人告诉我，我知道自己再也升不上去了。"

哈特说："这有什么，警官。我们在乎个什么。你的孩子们最近怎么样啦？以利亚好吗？"

以利亚是个聪明的男孩。

"以利亚？哦，我想他今年要搞个展览。哈特，我们还能做些什么呢？只能碰碰运气，没别的办法了。"

每次他们都是以好友身份告别。

但是有一次，哈特惹了大麻烦，原因是他往牛奶里掺水。

他说："警察和那帮人过来盘问我水是怎么到牛奶里的。好像我知道一样。我哪儿知道水是怎么到牛奶里的。没错，我是把锅浸在了水里，但只是为了让牛奶快点凉下来，而且怕锅翻，我还专门采取了保护措施。我猜肯定是那个锅有个洞，就是这么回事。有一个很小的小洞。"

爱德华说："那你最好老老实实向法官说明一下。"

哈特说："爱德华，你说得倒轻巧，你以为特立尼达是英国啊。在特立尼达，你听说过哪个说了真话的人有好下场？在特立尼达，你越天真，他们越让你坐牢，你出的贿赂就得越多。你得贿赂法官，给他们送鸡送鸭，要大个头的来克亨老母鸡才行，还得送钱。还得贿赂那些检察官。等一切贿赂都到位了，你才有可能被判得轻一点。"

爱德华说："说的也是。不过你总不能主动认罪呀。你应该编个理由才是。"

结果，哈特被罚了两百元，还让法官狠狠地教训了一通。

哈特气呼呼地从法庭回到家里。他取下领带脱了衣服，说道："这个世界真他妈的滑稽。你洗个澡，换上干净衣服，打了领带，穿上夹克，擦亮皮鞋，都为了什么？就为了站在某个愚蠢的法官面前让他把你臭骂一通。”

哈特耿耿于怀了好些日子。

他说：“希特勒做得对，伙计。把所有的法律书都烧光。把它们都烧光。把所有这些该死的东西堆成一大堆，点上火，把它们烧掉，看着它们烧。希特勒是对的，伙计。我不知道我们干吗要和他打仗。”

埃多斯说：“你在胡说八道，哈特。”

哈特说：“我也不想这么说，我也不想。但希特勒就是对的。把那些法律书烧掉。把它们统统烧掉。我也不想这么说的。”

一连三个月，哈特都没有和查尔斯警官说过话，查尔斯警官很伤心，他总是托人捎口信代问哈特好。

一天他叫住我说：“今晚你要去看哈特吗？”

我说：“是的。”

“你昨天看见他了？”

“看见了。”

“他怎么样？”

“什么怎么样？”

“噢，我是说他气色怎么样？他看上去好吗？高兴吗？”

我说：“他看上去特别烦恼。”

查尔斯警官说：“哦。”

我说：“还有事吗？”

“哎，你别急着走呀……”

“怎么了？”

“没怎么。没什么，没什么。你等一下再走。听着，你把这话捎给哈特听。”

我就对哈特说：“查尔斯警官今天把我叫到他家，又哭叫又哀求，请我务必告诉你他不会和你过不去，他说向警方告发你往牛奶里加水的人不是他。”

哈特说：“什么水、什么牛奶？”

我不知道怎么往下接。

哈特说：“你瞧瞧，特立尼达现在都成了什么样子了。有人说我的牛奶里有水。没有一个人看见我往牛奶里掺水，但现在大家讲话的口气好像他们都看见了似的。所有的人都在谈论什么往牛奶里加水。”

我发现，哈特讲这事讲得很欢。

我总把哈特看成是个有一套固定习惯的人，很难想象他有另外一面。我猜他带我去看那场板球比赛时有三十五岁，坐牢时有四十三岁。但对我说来，他总是一个样。

他的长相，我已经说过了，像雷克斯·哈里森。皮肤呈深褐色，中等身材，走起路来有点罗圈腿，另外他还是个平脚板。

我总觉得，他下半辈子恐怕也就是继续做那些事情。板球、足球、赛马，上下午都读报纸，坐在人行道上海侃，圣诞前夜和新年前夜喝醉酒乱嚷嚷。

除了这些他好像什么也不需要。他已经满足了，我甚至不相信他会需要女人。当然，我知道他有时也去城里的某些地方，不过我想他这样做与其说是为了女人，还不如说是为了体验强烈的刺激。

后来发生了一件事情，使得米格尔街俱乐部分崩离析，从那以后，哈特也变了。

我猜这是爱德华的错。我想，我们当中没人意识到哈特有多喜欢爱德华，也没有人意识到爱德华结婚有多令哈特伤心。爱德华的妻子和那个美国兵私奔后，哈特简直难掩喜悦，可当爱德华去了阿鲁巴后，他又深深地陷入了失望之中。

有一次他说："所有的人，一旦成年就甩头走了。"

又有一次他说："我真他妈笨，我应该像爱德华和其他人那样，也去美国人那儿工作。"

埃多斯说："这几天晚上哈特在城里到处寻欢作乐。"

博伊说："这有什么，他是成年人，难道不能做自己想做的事情吗？"

埃多斯说："有些男人就这样。其实，所有男人都这样。他们开始老了、怕了，所以总想干点年轻人的事情。"

埃多斯这么说让我特别生气，因为我不愿把哈特想成那种人，可最糟糕的是我还感到羞耻，因为我觉得埃多斯说得没错。

我说："埃多斯，你为什么就不能少想点这种下流事？你干吗不把这些下流的想法扔进垃圾堆里？"

后来有一天，哈特将一个女人带到了家里。

打那之后，我就觉得和哈特相处有点不自在了。他现在成了一个有责任有义务的男人了，他再也不能把时间和注意力统统放在我们身上了。更糟糕的是，大家都装作那个女人不存在似的，就连哈特自己也不例外。他从没提过她。他这样做好像是为了让我们相信，一切都和以前一样。

她是个浅褐色皮肤的女人，三十岁上下，有点发福。她喜爱蓝色。她叫自己多莉。我们常常看见她独自一人在哈特屋子的窗口往外看，神情茫然。她从不和我们说话。事实上，除了在屋里喊哈特的声音，我几乎没听她说过话。

但是博伊和爱德华对她带来的变化感到很高兴。

博伊说："在我的印象里，我还是头一回和一个女人生活在一座房子里，感觉就是不一样。我说不上来，但这样感觉好多了。"

我母亲说："你瞧男人有多蠢。哈特明明知道爱德华遭遇过什么，但他还是和那个女人纠缠不清。"

摩根太太和巴库太太很少看见多莉，所以也谈不上不喜欢她，可她们却一致认为她是个无所事事的懒女人。

摩根太太说："我看这个多莉一副阔太太的派头。"

哈特的生活并没因多莉的到来而改变，于是我们也就很快忘记了多莉的存在。我们还是一起去看所有体育比赛，还是经常坐在人行道上胡侃。

每当多莉尖声问道："哈特，你要过来吗？"哈特总是不去搭理。

半小时过后多莉又会问："哈特，你到底过不过来？"

这时哈特便会说："我这就来。"

我不知道多莉是怎么过日子的。她几乎不出门，而哈特却几乎总是泡在外面。她大部分时间好像都是在窗口向外看。

他们俩可谓这条街上最怪的一对。他们从不一起外出。我们也从没听他们笑过。他们甚至从没吵过架。

埃多斯说："他们就像两个陌生人。"

埃罗尔说："你们可别信埃多斯的。你们别看哈特坐在这里时一声不哼，回到家就不一样了。他和多莉讲话时简直就像变了个人，还给她买了许多珠宝，这你们都知道。"

埃多斯说："我觉得她就有点像马蒂尔达，你们知道，就是那个小调中的女人——

> 马蒂尔达，马蒂尔达，
> 马蒂尔达，你偷了我的钱
> 去了委内瑞拉。

买珠宝！哈特是怎么了？他搞得好像自己是个老头子似的。女人对哈特这种男人图的不是珠宝，而是其他东西。"

从表面上看，大伙儿发现哈特家只发生了两个变化。一是所有的鸟都被关进了鸟笼，二是那条阿尔萨斯狼狗被锁上了链条，看上去很可怜。

大家在哈特跟前闭口不谈多莉。我想是因为这整桩事来得有点突然。

其实，后来发生的事情更突然。我们是过了一段时间后才得知全部细节的。我起先是发现哈特失踪了，慢慢才听说了许多谣言。

事情的真相是后来在法庭上才搞清楚的。多莉从哈特那儿跑了，当然了，她没有忘记带上哈特送的全部礼物。哈特追到她后发现她和另外一个男人在一起。一顿大吵之后，那个男人逃走了，哈特只好把气撒在多莉身上。后来，据警方的证词说，他含泪到警察局自首时称：“我杀了一个女人。”

其实多莉并没死。

根据当时的消息，我们都以为多莉死了，有一两天没人敢相信这是真的。

米格尔街突然沉寂了下来，没人聚在哈特家外面的电线杆下谈天了，没人打板球了，没人打搅睡午觉的人了，俱乐部也死气沉沉，停止了活动。

我们无情地把多莉忘得一干二净，心里只想着哈特。我们打心底里觉得他没有错，并很为他感到难过。

我们在法庭上看见了他。他变了，变得苍老了，他蠕动着嘴朝我们笑了笑。他还是好样的，我们哈哈地笑着，但心里却在流泪。

检察官问哈特：“事情发生在一个漆黑的夜晚吗？”

哈特说：“一片漆黑。”

哈特的律师是个胖胖的小个子男人，名叫奇塔兰詹。他穿着一套带气味的棕色西服。

奇塔兰詹滔滔不绝地背诵鲍西娅[①]关于仁慈宽恕的主张，要不是法官打断他，他都不见得会停。法官说：“奇塔兰詹先生，你说的话都很有意思，有些甚至是很有道理的，但你这是在浪费本庭的时间。”

奇塔兰詹接着大谈什么爱情的原始冲动。他说哈特为了爱情舍弃了自尊，就像当年安东尼为了爱情而抛下了整个帝国一样。他说，在法国——谈起法国他可有发言权，因为他去过巴黎——在法国，

---

①莎士比亚作品《威尼斯商人》中的女律师。

哈特会成为英雄，女人们会给他戴花环。

埃多斯说：“知道吗，这就是那种把人送上断头台的律师。”

哈特被判了四年刑。

我们去弗雷德里克监狱探望过他。我没想到监狱竟是那个样子的。四周的墙是乳白色的，并不很高，我很惊讶地发现大多数探监的人都乐呵呵的，只有少数几个女人在哭。监狱的整体气氛就像一场聚会，人们有说有笑。

那次探监，埃多斯特地穿上了他最好的西装。他手里拿着帽子，环顾了一周，然后对哈特说：“这地方看上去不太坏。”

哈特说：“他们下周就要把我转到卡雷拉去。”

卡雷拉是个关犯人的小岛，离西班牙港几英里。

哈特说：“别为我担心。你们了解我的。出不了两三个星期，我就会让他们给我个轻松点的差事做的。”

每次我去卡来纳吉或库马纳角洗澡，都要眺望碧绿海水那边的卡雷拉岛。这座岛高高耸立于海中，上面有许多排列整齐的粉红房子。我曾试图想象那些房子里发生的事情，但怎么也想象不出。我常想：“哈特在那边，我在这边。他知道我在这里想他吗？”

但几个月后，我越来越关心自己的事情了，有时会连续好几个星期都想不起哈特。我也觉得羞愧过，但无济于事。我不得不面对一个事实——我不再想念哈特了。偶尔脑袋空下来时，我会停下来想一想再过多长时间他才会出来，但这已是无所谓的事了。

哈特进监狱时我十五岁，等他出来时我已经十八了。这三年之中发生了许多事情。其间我离开了学校，在海关找了份工作。我不再是个孩子了，我已经长大成人，在挣钱了。

哈特的归来并没有激起太大波澜，这倒不仅是因为我们这帮孩子都长大了，还因为哈特自己也变了。他身上的一些灵气不见了，我们之间的谈话也不那么投机了。

他回来后走街串巷，热心地与熟人聊他的种种遭遇。

我母亲给他端了杯茶。

哈特说："一切都在我的预料中。我先和几个监狱看守搞好了关系，你猜怎么着？我只是私下搞了两手，他们就给了我一个图书管理员的职务。那儿的图书馆真大。什么深奥的书都有。那地方泰特斯·霍伊特肯定会喜欢。书多极了，就是没人去读。"

我给哈特递了一支烟，他毫无表情地接了过去。

突然他大喊道："啊呀，我才发现！你现在都成大人了。我离开那会儿你不抽烟的呀，也难怪，都过去这么久了。"

我说："是的，确实有些日子了。"

其实也没有多长时间。就三年光景，可在这三年里我长大了，开始带着批判的眼光审视周围的人。我不再希望今后成为埃多斯那样的人了。他太瘦弱，我以前一直没有意识到他个头是那么小。在我看来，泰特斯·霍伊特也是又笨又乏味，没有一点意思。一切都变了。

自从哈特进了监狱，有一部分的我也随之消亡了。

告别米格尔街

我母亲说："你在这个地方变得太野了，我想你该离开了。"

"去哪儿，委内瑞拉吗？"我说。

"不，不去委内瑞拉。去个别的什么地方。我知道委内瑞拉，像你这号人一到那儿就会被关进监狱的。不，去个别的什么地方。"

我说："那好吧。等你想好了再决定吧。"

母亲说："这事我要去和格涅沙·庞迪特商量一下。他是你爸爸的朋友。不管怎么说，你必须离开这里。你变得太野了。"

母亲说得没错。不知道从什么时候起，我确实变得有点野了。我现在喝起酒来就像鱼喝水似的，还搞许多其他的名堂。我是在海关学会喝酒的，在那儿我们经常以各种借口没收酒。起先，我一闻到烈性酒就难受，但我总对自己说："你必须熬过这一关。就把它当成药喝，捂上鼻子，闭上眼睛。"这一招果真奏效，没多久我就成了喝酒老手，开始有了酒徒的傲气。

这之后博伊和埃罗尔向我介绍了城里不少好玩的去处。一天晚上，我记得是在我上班后不久，他们领我去了一个地方，那儿离海滨广场不远。我们一起上了二楼，来到一个小房间里，屋里挤满了人，点着一盏盏绿色的灯，光线浓稠得像果冻。房间里到处都站着女人，等着，看着。还有一块大牌子，上面写着：禁用下流话。

我们在酒吧点了酒喝起来。酒很甜。

埃罗尔问我："你看中哪个娘们儿了？"

我猛地明白了，觉得一阵恶心。我跑出去径直朝家走去，既觉得有点恶心，又有点害怕。我对自己说："你必须熬过这一关。"

第二天晚上我又去了那家俱乐部，从此就成了那儿的常客。

我们经常举行各种舞会，带着朗姆酒和女人到马拉加斯海湾彻夜狂欢。

"你变得太野了。"母亲总这么说我。

我也没把这当回事，直到有一天晚上我喝过了头，整整醉了两天。清醒后，我发誓再也不抽烟喝酒了。

我对母亲说："这不是我的错，都是因为特立尼达。这儿的人除了喝酒还能干什么？"

大约两个月后，母亲说："下星期你得和我一起去，我们去看看格涅沙·庞迪特。"

格涅沙·庞迪特早就抛弃了通灵的那套。他现在从政了，而且干得蛮不错。他在政府里搞了个什么部长之类的头衔，我听人说眼下他正忙着竞争大英帝国勋章呢。

我们到了圣克莱尔大道上他住的那所大房子，发现这位大人物的穿戴变了。他不再是以前的腰带头巾打扮，而是一身昂贵的西服。

他热情地接待了我母亲。

他说："有什么事尽管说，只要能办到的我一定帮忙。"

母亲哭了起来。

格涅沙对我说："你想到国外学点什么呢？"

我说："我什么也不想学。我只想离开这里，就这样。"

格涅沙微笑着说道："政府不提供这类奖学金。只有各位部长能像你刚才说的那么做。不行，你必须学点东西。"

我说："我从没想过要学什么。让我考虑一下。"

格涅沙说："好吧，你考虑吧。"

母亲一面哭一面感谢格涅沙。

我说："我知道我想学什么了。工程学。"说这话时我想到了叔叔巴库。

格涅沙大笑了起来，说："你知道工程学是什么吗？"

我说："现在还不知道，不过我可以用心学。"

母亲说："你为什么不学法律呢？"

这话让我想起了奇塔兰詹和他穿的那套棕色西服，于是赶紧说："不，我不学法律。"

格涅沙说："现在只剩下药剂学的奖学金了。"

我说："我可不想做药剂师。我可不想穿着白大褂向女人推销口红。"

格涅沙微微一笑。

母亲说："这孩子说话没个分寸，您千万不要介意，庞迪特。他就学药剂学。"然后转过身来对我说道："只要你用心，没有学不会的东西。"

格涅沙说："考虑一下吧。要是你学药剂学，你就可以去伦敦，就可以看到雪，看到泰晤士河，看到国会大厦啦。"

我说："那好吧。我就去学药剂学。"

母亲说："庞迪特，真不知道怎么感谢您才好。"

她一面哭一面数出了两百元，递给了格涅沙，说道："钱不多，庞迪特。但我只有这些。是攒了很长时间才有的。"

格涅沙接过钱时一脸难过的样子。他说："你不应该为这种事烦恼。能出多少出多少吧。"

母亲哭个不停，最后，连格涅沙也哭了起来。

见此情景，母亲赶忙擦干眼泪说："庞迪特，您真不知道我现在有多烦恼。什么都要钱，没钱就什么都办不成。我真不知道上哪儿去搞这么多钱。"

格涅沙不哭了，但母亲又哭了起来。

过了一小会儿，格涅沙退了一百元给我母亲，又呜咽起来。他说："把这钱拿回去，给孩子买些好衣服吧。"

我说："庞迪特，您真好。"

这话深深地打动了他。他说："等你获得了文凭和学位从英国回来，成了大人物、大药剂师，我再过来要回你欠我的也不迟。"

我告诉哈特我要走了。

他说："去干什么？做劳工？"

我说："政府给了我一笔奖学金，让我去学药剂学。"

他说："是你自己争取到的吗？"

我说："不是我，是我妈。"

埃多斯说："这是件好事。我认识一个药剂师，我为他清理垃圾有好几年了。那家伙富得都什么样啦，钱那是滚滚地来。"

消息传到伊莱亚斯那儿，他却是另一种反应。有天晚上他跑到我家门口，大喊："贿赂，贿赂。你们就知道贿赂。"

我母亲也狠狠地回敬了一句："抱怨别人贿赂的都是自己拿不出东西贿赂的穷光蛋。"

在一个月左右的时间里，一切准备就绪，只待我出发了。在此期间，特立尼达政府向英国驻纽约领事馆写了封信，让英国领事馆了解了我的情况。美国人要我保证不会使用武力推翻他们的政府，最后发给了我签证。

临行前的那个晚上，我母亲在家举办了一个小型聚会。聚会有点像葬礼上的守灵。来的人个个神情沮丧，都说会很想我的，但转身就把我忘了，只顾埋头吃喝。

劳拉在我面颊上亲了一口，并给了我一个圣克里斯托弗的大勋章，让我把勋章挂在脖子上。我答应她我会的，然后就把它放进了口袋。巴库太太送了我一枚六便士的硬币，她说那枚硬币是她专门准备的。其实，它看上去同其他的六便士硬币没有什么不同，我想后来我把它给花了。泰特斯·霍伊特不计前嫌，给我送来了普及版《丁尼生诗选》的第二卷。埃多斯给了我一只皮夹，还发誓说它是新的，几乎没有用过。博伊和埃罗尔什么也没给我。哈特送了我一包香烟，说："我听说你戒烟了，但是拿着这个吧，说不定你会改变主意的。"结果我还真的又抽上了。

巴库叔叔一晚上都在修车，就是那辆第二天要送我去机场的汽车。我几次跑出去让他别忙了，可他都说化油器有点毛病要修修。

第二天早上，巴库早早起床后又修起汽车来。我们本来打算八点出发，可到了十点巴库还没有修完。我母亲有点着急，巴库太太也不耐烦了。

可巴库还躺在车下，边修车边吹着口哨，吹的是《罗摩衍那》里的一对儿对句。等从车下钻出来后他还乐呵呵地说道："你们等急了吧？"

我们终于准备完毕。还好巴库没有修坏发动机，它还能点上火。我的行李被装上了车子，我这就要永远离开这所房子了。

这时我母亲说："等一下。"

她把一个盛了牛奶的铜壶放在门口。

我现在也闹不明白那是怎么回事。那扇门很宽，足够过一辆汽车，那壶大约四英寸宽，就放在正中间。我记得我是蹭着门边走的，根本没有靠近那只铜壶，但我还是把壶给踢翻了。

母亲的脸一下子沉了下来。

我说："这是不祥的兆头吗？"

她没有回答。

巴库在摁喇叭了。

我们上了车，巴库发动了汽车。车子沿着米格尔街开到赖特森路，又朝南码头开去。一路上我没朝窗外看一眼。

母亲一面哭一面说："我知道，我再也不会在米格尔街上看到你了。"

我说："为什么？就因为我踢翻了那壶牛奶？"

她没有回答，只是一个劲儿地为打翻的牛奶掉泪。

直到车子开出了西班牙港城郊，我才朝外面望去。天气晴朗而炎热。稻田里一些男女在干活，一群孩子正在路边的一个消防立管下洗澡。

我们及时赶到了皮亚尔科。这时我真希望自己没有得到那份奖学金。机场的候机大厅让我害怕。一群肥硕的美国人在酒吧里喝着不知名的饮料，那些戴着太阳眼镜的美国女人一脸傲慢，讲起话来嗓门特别大。他们看上去都挺富有挺自在的。

接着广播里分别用西班牙语和英语说，二〇六次航班的起飞时间推迟六个小时。

我对母亲说："我们回西班牙港吧。"

我知道过不了多久，我还会在候机厅里遇到那帮美国佬，我只希望和他们碰面的时间越短越好。

回到米格尔街，我最先看见的就是哈特。当时他正拖着脚从咖啡馆里出来往回走，胳膊下还夹着一份报纸。我朝他挥了挥手，叫了起来。

他只说了一句话："我以为你这时已经在天上了呢。"

我很失望，倒不光是因为遭到了哈特的冷遇。我失望，是因为我走了，注定要永远地走了，可米格尔街上的一切都还是老样子，并没有因为我的离开而有丝毫变化。

我看了看门口那只被打翻的铜壶，然后对母亲说道："这是不是意味着我再也不会回到这里来了呢？"

她笑了，看上去很高兴。

我和母亲、巴库叔叔以及他太太一起在我家吃了最后一顿饭，然后又沿着那条通向皮亚尔科的滚烫马路返回机场。飞机已经在等着了。我认出了一个海关官员，他没有检查我的行李。

播音员的声音冷静又漠然。

我拥抱了母亲。

我对巴库说："巴库叔叔，我本来不想告诉你的，但我想我听见你车子的挺杆有撞击声。"

他的眼睛一亮。

我和他们一一告别，快步向飞机走去。我没回头看，只看着前面自己的影子，一个在柏油碎石路面上跳动着的小不点。

图书在版编目(CIP)数据

米格尔街 / (英) V. S. 奈保尔著 ; 张琪译. -- 2版. -- 海口 : 南海出版公司, 2019.11 (2025.7重印)
ISBN 978-7-5442-8056-3

Ⅰ. ①米… Ⅱ. ①V… ②张… Ⅲ. ①短篇小说－小说集－英国－现代 Ⅳ. ①I561.45

中国版本图书馆CIP数据核字(2019)第159147号

著作权合同登记号 图字：30-2011-037

米格尔街
〔英〕V. S. 奈保尔 著
张琪 译

出 版 南海出版公司 (0898)66568511
海口市海秀中路51号星华大厦五楼 邮编 570206
发 行 新经典发行有限公司
电话(010)68423599 邮箱 editor@readinglife.com
经 销 新华书店

责任编辑 黄宁群
特邀编辑 吴 优 杨 初
装帧设计 韩 笑
内文制作 王春雪

印 刷 北京中科印刷有限公司
开 本 850毫米×1168毫米 1/32
印 张 6.5
字 数 145千
版 次 2013年7月第1版 2019年11月第2版
印 次 2025年7月第27次印刷
书 号 ISBN 978-7-5442-8056-3
定 价 45.00元